Diogenes Taschenbuch 24635

BAS KAST, geboren 1973 in Landau, Pfalz, wollte Hirnforscher werden, wandte sich dann aber dem Schreiben zu. Er ging in Utrecht, München und Kalifornien zur Schule, studierte Psychologie und Biologie in Konstanz, Bochum und am MIT in Boston. Sein Buch, *Der Ernährungskompass,* wurde ein Weltbestseller. Er lebt mit seiner Familie in Rottendorf bei Würzburg.

Bas Kast

Das Buch eines Sommers

Werde, der du bist

ROMAN

Diogenes

Die Erstausgabe erschien 2020 im Diogenes Verlag
Covermotiv: By David Hockney,
›The Arrival of Spring in Woldgate, East Yorkshire
in 2011 (twenty eleven) – 12 April, No. 2‹
iPad drawing printed on paper
Edition of 25, 55 x 41 1/2"

Mit Dank an Ursula Bergenthal,
Kati Hertzsch & Anna von Planta,
for making a dream come true

Veröffentlicht als Diogenes Taschenbuch, 2022

info@diogenes.ch · www.diogenes.ch
In Fragen zur Produktsicherheit (GPSR):
truepages UG (haftungsbeschränkt)
Westermühlstraße 29, 80469 München
info@truepages.de
ASR / 25 / 852 / 3
ISBN 978 3 257 24635 3

Für Joni, Benni & Maxi und für Sina

Erkenne, wer du im Kern deines Wesens bist,
und dann werde es.

Pindar

Stell dir vor, du träumst einen Traum, in dem jeder deiner Wünsche in Erfüllung geht. Alles, was dein Herz begehrt, fliegt dir widerstandslos zu, Tag für Tag für Tag. Anfangs genießt du dieses leichte, mühelose Glück. Erst nach vielen Jahren immerwährender Glückseligkeit wird dir allmählich langweilig. Also änderst du deinen Traum ein wenig. Nun soll nicht mehr jeder Wunsch sofort in Erfüllung gehen. Manchmal bleiben die Dinge auch in der Schwebe. Es tun sich unerwartete Hürden auf, die dir vor Augen führen, wie wertvoll das, was du begehrst, wirklich ist. Und hin und wieder gehst du sogar leer aus oder wirst mächtig auf die Probe gestellt, und dein Traum führt dich an die Grenzen deiner Fähigkeiten und noch darüber hinaus. Verblüfft stellst du fest, dass diese neue Form des Traums weitaus abwechslungsreicher und spannender ist als jene zuvor. Und so reicherst du deine Träume fortan mit mehr und mehr Hürden und Risiko und Abenteuer an – bis du dich irgendwann in jenem Traum wiederfindest, der nichts anderes ist als dein jetziges Leben.

Ein frei nacherzählter Gedanke von Alan Watts

In einem Sommer vor langer Zeit …

Ich weiß noch, wie mir vor vielen Jahren der Sommer meines Lebens bevorstand. Oder doch eigentlich hätte bevorstehen müssen. Das Abitur in der Tasche, das Studium noch in weiter Ferne, hätte jenes ultimative Abenteuer namens Leben endlich losgehen können. In meiner grenzenlosen Freiheit musste ich nur noch zugreifen, ich musste mich bloß noch hineinfallen lassen und es in vollen Zügen genießen.

Nur fühlte ich mich überhaupt nicht frei, und das Abenteuer entfernte sich Minute für Minute mehr von mir, mit rasender Geschwindigkeit. Um genau zu sein, saß es in einer Boeing 747, auf dem Weg nach Sydney. Das Abenteuer, das schulterlanges, kastanienbraun glänzendes Haar hatte und Katharina hieß, wollte mich nicht. Es wollte, statt bei mir zu bleiben, am anderen Ende der Welt, in Australien, studieren.

So kam es, dass ich den Sommer mit meinem Onkel Valentin verbrachte, dem »Spinner der

Familie«, wie mein Vater ihn nannte. »Ach, der Valentin«, pflegte mein Vater zu sagen, mit einem Seufzen, das sofort klarmachte, was er von seinem – deutlich jüngeren – Bruder hielt. »Der Valentin hat schon immer vom ganz großen Wurf geträumt. Irgendwann kommt er ganz groß raus! Aber, merk dir das, Nicolas: Den großen Wurf gibt es nicht. Was es gibt, ist, dass man als Erster bei der Arbeit erscheint und als Letzter wieder geht.«

Hatte mein Vater ihm von meinem Kummer erzählt? Oder hatte er ihn herausgehört, ihn gespürt mit seinen feinen Antennen, am Telefon, als er mich angerufen hatte, um mir zum Abitur zu gratulieren, und ich nur Einsilbiges zurückgemurmelt hatte?

Jedenfalls stand er dann plötzlich vor unserer Haustür, mein berühmter Onkel Valentin, eine sonnengebräunte Gestalt in einem beigen, zerknitterten Leinenanzug mit beigem Panamahut. Er nahm mich in seine kräftigen Arme und ließ mich sekundenlang nicht los, und ich schloss die Augen. Wie ich so dastand in seinen Armen, war es, als würde ein Teil meines Katharina-Schmerzes in ihn übergehen, absorbiert von seinem Körper, und um die so entstandene Leere in mir wieder auszufüllen, ließ er etwas von seiner Valentin-Kraft in meinen Körper zurückströmen.

Irgendwann blickte er mich mit seinem verschmitzten Lächeln an und fragte, ob ich nicht Lust auf eine kleine Reise hätte.

»Eine Reise?« Ich zuckte mit den Schultern, unentschlossen, niedergeschlagen. »Wohin?«

»Ins Leben, mein Lieber. Komm mit, Junge, ich muss dir unbedingt etwas zeigen!«

*

Was an ihm war es, das mich so faszinierte? War es die schlichte Tatsache, dass er Schriftsteller war und ich das damals selbst auch so gern werden wollte? War es seine Energie? Seine gelassene, zuversichtliche Art? Das verschmitzte Lächeln? War es der Umstand, dass er kaum etwas ernst nahm, nur das, was in seinen Augen seinen Ernst verdiente, wozu erstaunlicherweise auch mein Liebeskummer gehörte? Ja, all das vielleicht …

Und dann wohl auch sein exzentrischer Lebensstil. Einmal bekam ich eine Postkarte von ihm aus Lateinamerika, wo er eine Zeitlang von Land zu Land reiste, auf der Suche nach, wie er sagte, *»corazón«*. Zu viel Vernunft mache »genauso dumm wie zu wenig«, und er würde immer noch zu sehr mit dem Kopf und zu wenig mit dem Herzen denken, auch wenn es bei ihm in dieser Hinsicht vielleicht nicht ganz so schlimm wie bei seinem Bruder stünde.

Ein anderes Mal hatte er sich in eine Dichterin aus Ligurien verknallt, war ein paar Monate verschollen gewesen, schrieb mir dann aus Rom, er sei »auf den Spuren Senecas«, und als er wieder auftauchte, ebenso plötzlich, wie er verschwunden war, sprach er fließend Italienisch und meinte: Er müsse seinem Leben wie auch seinen Texten doch noch »etwas mehr *sprezzatura* einhauchen«.

Wenn mein Vater damals abends gestresst aus der Firma nach Hause kam – er hatte ein kleines Pharmaunternehmen gegründet, sein ganzer Stolz –, sagte ich: »Papa, bitte, etwas mehr *sprezzatura*!«, auch wenn ich keine Ahnung hatte, was das Wort bedeutete. Es klang einfach cool.

»Was?«

»*Sprezzatura.*«

»Ach, hör doch auf mit dem Quatsch von deinem Märchenonkel!«

Dann allerdings gelang dem Märchenonkel, ganz entgegen den pessimistischen Prophezeiungen meines Vaters, doch noch der große Wurf. Nach drei, vier Romanen, die sich eher mäßig verkauften, erfand er einen Charakter, den seine Leser liebten. Dank der begeisterten Resonanz entstand daraus eine ganze Reihe von Erzählungen. Bei dem

Protagonisten handelte es sich um einen außergewöhnlich lebensklugen Helden, der vor *sprezzatura* nur so sprühte und den mein Onkel nach ein paar Gläsern Weißwein spontan »Christopher« taufte. Ich war noch ein kleiner Junge, als er mir bei Kerzenlicht und mit leuchtenden Augen von Christopher, den ich für eine Art Zauberer hielt, vorschwärmte und mich dann plötzlich fragte, nur halb im Scherz: »Oder sollen wir ihn Nicolas nennen?«

Spätestens mit dem dritten Band entwickelte sich ein regelrechter *Christopher*-Hype, die Bücher wurden zu Bestsellern, sie machten meinen Onkel zunehmend bekannt und auch wohlhabend. Schließlich hörte man von meinem Vater nur noch selten die Wörter »Spinner« und »Märchenonkel«. (Tatsächlich habe ich ihn abends einmal heimlich dabei beobachtet, wie er mit dem neuesten *Christopher*-Band in den Händen in seinem smaragdgrünen Ohrensessel im Wohnzimmer saß und immer wieder vergnügt vor sich hin schmunzelte, und ich weiß noch, wie ich mir vorstellte, es wäre mein Buch, das er da las, und mir wünschte, es wären meine Sätze, die ihn so schmunzeln ließen ...)

*

Ich steckte ein paar Klamotten, meinen Walkman und meine Zahnbürste in meine blaue Sporttasche, wir riefen meinen Vater an, der seit dem Tod meiner Mutter – sie war kurz vor meinem vierten Geburtstag an Lungenkrebs gestorben – mit seiner Firma verheiratet war, und dann drückte mein Onkel mir seinen Autoschlüssel in die Hand.

»Ich? Darf ich? Wirklich?«

»Du hast doch deinen Führerschein gemacht, oder nicht?«

»Ja, klar …«

Als Katharina gegangen war, als ich allein in meinem Zimmer saß und es mit einem Mal zu mir durchdrang, dass sie weg war, wirklich weg, verschwunden aus meinem Leben, hatte sich irgendwo in meiner Bauchregion ein Schmerz mit einer Urkraft festgekrallt, von der ich nicht ahnte, dass so etwas physiologisch überhaupt möglich war. Man sagt das immer so leicht dahin: Diese oder jene Sache hat mich »umgehauen«. Damals wurde mir klar, dass selbst so überzogen klingende Redensarten einen realen Kern haben können.

Nun mischte sich in diesen Schmerz eine gewisse Aufregung, womöglich auch eine Prise Angst. Ich schaute auf den Schlüssel, dann auf den Wagen. Auf den schwarzglänzenden Porsche 911 Targa, ein G-Modell, Baujahr 1987.

Mein Herz klopfte, als ich auf das Auto zuging und die Fahrertür öffnete, die dabei ein metallisches Klacken von sich gab. Ich setzte mich auf den schwarzen Ledersitz.

Einen Moment saß ich einfach bloß da, den Geruch von Motoröl in der Nase. Dann beobachtete ich, wie meine linke Hand den Schlüssel ins Zündschloss steckte – beim 911 traditionsgemäß links vom Steuer – und ihn umdrehte. Der Porsche brüllte kurz auf wie ein kampflustiger Löwe und fing dann an zu vibrieren wie eine Waschmaschine im Schleudergang.

Da ich selbst kein Auto besaß und mein Vater mich nicht mehr in die Nähe seines alten senfgelben Mercedes ließ, seit ich beim Einparken einen seiner Außenspiegel abgebrochen hatte (»Mann, Nicolas, das muss man auch erst mal hinbekommen«), war ich nicht gerade ein geübter Fahrer, und so würgte ich den Motor zunächst mehrfach ab.

Minuten später standen wir immer noch halb in der Einfahrt. Anschließend blockierten wir eine Weile den Verkehr auf der schmalen Anliegerstraße, in der mein Vater und ich wohnten.

Mein Onkel blieb bei meinen kläglichen Auspark- und Losfahrversuchen die Ruhe selbst. »Tja, mein Lieber, keine Servolenkung, kein ABS, überhaupt keine Nanny an Bord«, sagte er, während ich mich mit der Mechanik des Wagens, der mir wie ein wildes Raubtier vorkam, das ich zu zähmen lernen musste, vertraut machte.

Um die Sache an dieser Stelle etwas abzukürzen und auf den Punkt zu bringen: *Irgendwann* an jenem Tag fuhren wir tatsächlich. Das heißt, *ich* fuhr, Porsche 911, das Targa-Dach heruntergenommen, stahlblauer Himmel über uns, hinter uns der röhrende, luftgekühlte Sechszylinder-Boxermotor. Meine feuchten Hände hielten das Lenkrad umklammert, während mein Onkel neben mir saß und eine Geschichte nach der anderen erzählte, nur gelegentlich kurz unterbrochen für eine Richtungsanweisung. Ich konnte vor lauter Aufregung und Konzentration auf das Auto kaum seinen Worten folgen, stattdessen klang seine sonore Stimme wie eine angenehme, beruhigende Hintergrundmusik in meinen Ohren.

So fing sie an, unsere Fahrt ins Unbekannte. Denn ich wusste immer noch nicht, was unser Ziel war. Gab es überhaupt ein Ziel? Was wollte mein Onkel mir denn so dringend zeigen?

»Jetzt lass dich doch mal überraschen« – mehr bekam ich nicht aus ihm heraus, und irgendwann, als wir so fuhren, stellte ich verblüfft fest, dass ich fast eine Stunde nicht an Katharina gedacht hatte. Bis mein Onkel aus heiterem Himmel fragte:

»Wie sieht sie denn aus?«

Er war der Einzige, der nicht mit Sprüchen kam von wegen »Kopf hoch« und »Das wird schon wieder« und was weiß ich. Als wäre er der Einzige, der keine Angst vor meinem Schmerz hatte. Als wäre der Sommer in ihm so groß, dass er den Winter, den ich mit mir herumschleppte und dessen eisige Luft ich nach allen Seiten hin verströmte, in sich aufnehmen könnte, und es würde immer noch genügend Wärme für uns beide übrig bleiben.

Erst wusste ich nicht so recht oder traute mich nicht, stammelte vor mich hin, als sei die schmerzhafte Erinnerung an Katharina wie ein verängstigtes Tier, das sich nicht aus dem Schutz seiner Höhle hinauswagte. Aber mein Onkel ließ nicht locker und vermittelte mir das Gefühl, als gäbe es gerade nichts Faszinierenderes auf dieser Welt als »meine« Katharina.

Und so fing ich halt an zu erzählen, versuchte es zumindest, inzwischen nur noch eine Hand am Lenkrad, das Gesicht im Fahrtwind, ich begann zu reden, auch wenn mir mein Gerede armselig vorkam, weil Katharinas wunderschönes kastanienbraunes Haar so wenig mit den schnöden Worten »kastanienbraunes Haar« gemein hatte. Onkel Valentin hörte zu, und ich beschrieb ihr Lächeln, wenn ich einen Witz erzählte, und dass es mir wie ein leicht unterdrücktes Lächeln vorkam, als gäbe es da etwas, das sie zurückhalten würde, und ich hatte das Rätsel, das hinter diesem Lächeln stand, doch eigentlich ergründen wollen, und nun würde ich wohl nie dahinterkommen, was es damit auf sich hatte. Ich erzählte und erzählte und vergaß ganz, dass ich gleichzeitig auch fuhr, durch die lauwarme Luft, neben mir mein Onkel, der sich genüsslich in seinen Sitz zurückgelehnt hatte und ab und zu ein »herrlich, herrlich« oder ein »ach, du Scheiße« von sich gab.

Wir fuhren die ganze Nacht durch, das heißt, mein Onkel übernahm schließlich das Steuer, als mir vor Müdigkeit fast die Augen zugefallen waren. Und irgendwann muss ich dann einfach eingeschlafen sein.

*

Als ich aufwachte, war da kein Motorenbrummen mehr. Benommen blickte ich umher. Morgendämmerung, Wärme. Hohe Bäume in der Ferne.

Offenbar waren wir gerade angekommen, der Porsche knackte vor sich hin wie Kaminholz – vermutlich das erhitzte Metall, das langsam abkühlte.

Wo waren wir? War ich wirklich wach? Oder war alles, was passiert war, seit Valentin vor unserer Haustür aufgetaucht war, nur ein Traum, und jetzt träumte ich, dass ich irgendwo in einem fernen Land erwachte?

Mein Onkel war ausgestiegen, zog seine Hose zurecht und deutete mit dem Kinn auf ein schmiedeeisernes Tor. »Tja, ich schätze, wir sind da.«

Immer noch schlaftrunken stieg ich ebenfalls aus, und wir gingen über rötlich-hellbraune, trockene Erde auf das Tor zu. Mein Onkel lehnte sich mit der Schulter dagegen, ich half mit der Hüfte nach, worauf es erst einen Spaltbreit nachgab und sich dann quietschend aufstoßen ließ.

Wir betraten das Grundstück, das in weiches, bläuliches, leicht nebliges Morgenlicht getaucht war. Staunend sah ich mich um.

Wir standen in einem halb verwilderten Park. Der Rasen war ungemäht, mit Inseln von heimischen Wiesenblumen, außerdem mehrere hohe, knorrige Bäume. Später erfuhr ich, dass es sich um Platanen handelte. Helles Vogelgezwitscher drang aus den unterschiedlichsten Richtungen, ansonsten war es vollkommen still.

Es hatte etwas Surreales, als wäre ich über Nacht in eine andere Welt entführt worden.

Erst als wir ein Stück über einen unter unseren Schritten knirschenden Kiesweg gegangen waren, erblickte ich, teilweise von einer Platane verdeckt, die Villa.

»Ist das unser Hotel?«, fragte ich in die Stille hinein.

»So ungefähr«, entgegnete mein Onkel. »Gefällt's dir?«

Ja. Ja … Ich starrte zu der verwitterten Villa hoch, die sich aus verschiedenen Gebäudeteilen zusammenzusetzen schien. Am größten und auffälligsten war das kastenförmige Gebäude links, »das Herrenhaus«, wie mein Onkel sagte, das hellblau – wie das Blau des Himmels – verputzt war und hinten links ein, ebenfalls himmelblaues, Türmchen mit mattrötlichem Dach besaß. Rechts vom Herrenhaus befand sich eine Art Scheune. Dazwischen war ein Verbindungstrakt mit einer Haustür aus hellbraunem Holz.

Mein Onkel holte einen Schlüssel aus seinem Jackett hervor und öffnete die Tür.

Wir betraten eine Eingangshalle, betraten sie mit einer gewissen Ehrfurcht, wie man ein Museum betritt. Im Echo unserer Schritte gingen wir nach links durch eine offenstehende Tür und gelangten in ein Atrium mit einer Glaskuppel, von der an einer langen Kette ein Kristall-Kronleuchter in Sacklüsterform herabhing.

Besonders eindrucksvoll fand ich die weite, geschwungene Treppe, die nach oben in den ersten Stock des Herrenhauses führte. Unten breit und einladend, wurde sie nach oben hin zunehmend schmaler. Wie ein sich stetig verjüngender Trichter – als wollte die Villa einen unbedingt hochlocken. Als verberge sich dort ihr eigentliches Geheimnis.

»Ist das dein Haus?«, fragte ich ungläubig. Meine Worte erzeugten einen Widerhall in der Leere des Raums.

»Ach, weißt du, ich dachte mir, nachdem ich lange genug in der Welt herumgeirrt bin, wäre es vielleicht doch an der Zeit, mich an einem netten Ort niederzulassen. Irgendwo, wo es sich leben lässt.« Pause. »Was denkst du? Könntest du es hier ein paar Tage aushalten, Nicolas?«

*

Ich hielt es sogar sechs Wochen in der Villa meines Onkels aus. Und obwohl es natürlich nicht so war, hatte ich anfangs immer mal wieder den absurden Verdacht, dass er sich dieses extravagante Haus nur mir zuliebe zugelegt hatte. Bloß, um mir zu beweisen, dass das Leben voller verrückter Abenteuer ist, mit und ohne Katharina.

Manchmal schlenderte ich einfach durch das lichtdurchflutete Atrium, dann vom Atrium die geschwungene Treppe hinauf. Hörte meinen Katharina-Song *It must have been love* von Roxette, spulte zurück und hörte ihn in Dauerschleife, und es war, als schwebte ich mit Katharina durch die Räume. Vom oberen Stock des Herrenhauses führte ein Durchgang zu einem Anbau der alten Scheune, und allein dieser Scheunenanbau mit seinen muffig riechenden Rumpelkammern war für mich eine eigene Welt. Über eine Wendeltreppe ging es wieder hinunter in den düsteren Vorratsraum, der direkt neben der Küche lag, und von der Küche musste man lediglich in die Eingangshalle gehen, um erneut ins Atrium zu gelangen, wo ich Roxette dann gleich noch einmal von vorne loslegen ließ …

Eines Morgens trat mein Onkel an die Matratze, auf der ich schlief (es fehlten damals noch die meisten Möbel), stellte einen Becher mit heißem Kaffee daneben und setzte sich im Schneidersitz vor mir auf den Boden. »Na, mein Lieber, gut geschlafen? Was sagst du zu einem Ausflug in die Berge?«

Kurz darauf saßen wir in *Black Beauty*, wie mein Onkel seinen Porsche nannte, und fuhren, bis die hügelige Weinlandschaft, in der die Villa meines Onkels lag, allmählich in bergiges Gelände überging.

Als wir nach gut anderthalb Stunden Fahrt den Wagen abstellten, deutete mein Onkel vage zu einem

Punkt weit oben auf einem Gipfel, wo es angeblich eine Gastwirtschaft mit herrlichem Ausblick gab. »Wir könnten natürlich auch hochbrettern, nur würde das Bier dann lange nicht so gut schmecken, wie wenn wir aus eigener Kraft hochmarschieren und es uns verdienen.«

Und so begann unser Aufstieg.

Die Wirtschaft erwies sich als erheblich weiter weg als gedacht. Ja, irgendwann – ich hatte bereits die ersten Blasen an den Füßen – fragte ich mich, ob es sie überhaupt gab oder ob mein Onkel sie sich bloß ausgedacht hatte, denn Realität und Phantasie gingen bei ihm fließend ineinander über. Wir kämpften uns weiter, über holprige Waldwege, an einem krummen, in die Erde gerammten Kreuz vorbei (als hätten wir den Gipfel schon erreicht), dann über felsige Gesteinsbrocken, immer weiter nach oben.

Meine Beine fingen an zu ziehen und zu schmerzen, von den inzwischen höllisch brennenden Blasen an meinen Füßen ganz zu schweigen. Und irgendwie weckte der wachsende Schmerz eine solche Wut in mir – Wut auf Katharina, Wut darüber, welche Macht sie über meine Gefühle behielt, wie hilflos ich diesen Gefühlen ausgeliefert war, während sie bestimmt das für sie neue, aufregende Leben in Sydney genoss und keinen Gedanken an das erbärmliche Häufchen Elend namens Nicolas verschwendete, das sie zurückgelassen hatte und das nun immer noch diesen beschissenen Berg hochkletterte. Ich biss die Zähne zusammen.

Ich schnaufte und schwitzte vor mich hin und begann, laut zu fluchen.

»Also, ehrlich gesagt, so langsam hätte ich auch nichts dagegen anzukommen«, stöhnte mein Onkel mit zerknirschter Stimme, als bereue er es, dass er seinen Neffen aus welchen Gründen auch immer diesen Berg hatte hochjagen wollen. Sein Kopf war knallrot angelaufen, Schweiß stand ihm auf der Stirn, von *sprezzatura* konnte gerade keine Rede sein.

Und es ging immer noch weiter.

Mein Onkel hatte soeben kleinlaut die Option einer kurzen Rast mit anschließender Umkehr ins Spiel gebracht, da merkte ich auf einmal, dass das Stechen in meinen Füßen, Beinen und im gesamten Rest meines Körpers den Katharina-Schmerz in meinem Bauch zu verdrängen begann.

Und zugleich tauchte, wie eine Fata Morgana, das große Wirtshaus mit den Blumenkästen an den Balkonen und den Holzbänken und -tischen vor uns auf. Mein Onkel blieb schwer atmend stehen, die Hände auf die Oberschenkel gestemmt. »Nächstes Mal fahren wir!«

Ich weiß noch, wie ich plötzlich unkontrolliert zu lachen anfing, in einer Mischung aus Erschöpfung und dann auch Erleichterung darüber, dass dieser ewige Schmerz in meinem Magen endlich abebbte. In dem Augenblick wusste ich, spürte es körperlich, dass Katharina nicht für immer in meinem Magen festgekrallt bleiben würde. Sie würde irgendwann loslassen.

Ich sah auf die Gebirgslandschaft mit den schneebedeckten Gipfeln im strahlenden Sonnenschein und fühlte mich gleichzeitig winzig und überlebensgroß.

Vielleicht hatte mein Onkel ja auch genau das mit seiner Kletteraktion bezweckt oder sich erhofft. Denn als wir schließlich ausgelaugt und verschwitzt und doch zufrieden auf einer der Holzbänke saßen, vor uns unser Bier, blickte er mich an und sagte: »Na, mein treuer Kletterkumpan, wie gefällt's dir hier auf dem Mount Everest?«

»Gut«, sagte ich, müde lächelnd.

»Freust du dich auch schon auf den Abstieg?«

Ich schüttelte lachend den Kopf. »Nicht wirklich.«

Mein Onkel griff nach seinem Glas. »Also, ich bin mir ja nicht ganz sicher, ob mal ein Reinhold Messner aus dir wird, aber weißt du eigentlich, wie sehr ich dich mag?« Er nahm einen großen

Schluck, wischte sich den Schaum vom Mund, sah auf die Berge und atmete einmal tief durch. Dann setzte er das Glas ab, beugte sich zu seinen wunden Bergsteigerknien hinab und murmelte leise: »Scheißkatharina.«

*

Am allermeisten genoss ich unsere spätabendlichen Gespräche im noch sonnenwarmen Garten, mit dem Sternenhimmel über und dem unermüdlichen Zirpen der Grillen um uns.

»Ich hatte auch mal eine Katharina, weißt du«, begann Onkel Valentin eines Abends, während er an einem Glas Rosé nippte, nachdem ich ihm wieder mal stundenlang mein Leid geklagt hatte. »Doch im Gegensatz zu dir hatte ich es nur mir selbst zu verdanken, dass sie mich eines Tages verlassen hat.«

Er sprach dann ungewöhnlich lange über diese Frau – Cecilia hieß sie –, die er wohl sehr geliebt hatte. »Vielleicht war mein Ehrgeiz schuld«, sagte er und starrte auf das nun leere Glas in seiner Hand. Er schenkte unsere Gläser noch einmal randvoll, nahm einen Schluck und meinte, damals habe er sich ständig »den Moment weggewünscht«, das sei seine »größte Sünde« gewesen. »Ich schrieb wie verbissen an meinem ersten Buch und konnte die Zeit mit ihr nicht genießen. Und das machte mich selbst ungenießbar. Wenn ich dieses Buch erst mal fertiggeschrieben habe, dachte ich, dann fängt mein Leben an. Immer hatte ich einen Zeitpunkt in der Zukunft im Kopf, auf den ich hingearbeitet habe. Für die Gegenwart hatte ich keinen Nerv. Irgendwann hatte Cecilia die Schnauze voll. Von mir – und zu Recht. Hat ihre Sachen gepackt und ist gegangen. Erst sehr viel später habe ich begriffen, wie unendlich kostbar die Zeit mit ihr war. Wie absurd es ist, sich den Moment wegzuwünschen, jeden Moment eigentlich, selbst die schwierigen. Denn was ist das Leben anderes als eine Aneinanderreihung von Momenten? Wenn man sich die andauernd wegwünscht, hat man sich am Ende das ganze Leben weggewünscht.«

Ich musste an meine eigene Situation denken. Wie ich mir wegen Katharina beinahe den gesamten Sommer weggewünscht hatte. Ich dachte an meinen Schmerz, den ich immer noch in mir spürte, wenn auch nicht mehr ständig und nicht mehr als dieses verzehrende Feuer. Eher wie eine Glut, von der bald bloß noch ein Häufchen Asche übrig bleiben würde.

Die Zeit heilt Wunden, heißt es. Aber das ist natürlich Unsinn. Es sind die Ereignisse, die sich in der Zwischenzeit abspielen, die uns heilen. Wie beim Körper muss auch das Abwehrsystem der Seele zuerst die Keime und den Zelltrümmerhaufen beseitigen, ehe sie genesen kann. Das allein benötigt Zeit. Danach kann die mühsame Bildung von neuem Gewebe beginnen, von neuen Blutgefäßen, neuer Haut.

Damals nahm ich mir vor, diesen Sommer mit meinem Onkel niemals zu vergessen. Seine Worte nie zu vergessen. Ich nahm mir vor, mein Leben so zu leben wie er oder zumindest so ähnlich wie möglich. Nahm mir vor, den Moment nicht dauernd wegzuwünschen. Ich nahm mir das alles ganz fest vor. Und vergaß es schließlich doch.

Ich vergaß sogar jene eigentlich unvergesslichen Worte, die Valentin mir in einer anderen dieser lauen Sommernächte im Garten der Villa noch sagte:

»Weißt du übrigens, wie ich auf *Christopher* gekommen bin?«

»Wie denn?«, fragte ich, wirklich sehr neugierig, denn damals träumte ich ja noch meinen großen Traum, Schriftsteller zu werden wie er.

»Du warst noch ein kleiner Junge und ein verdammt süßer obendrein, und ich dachte mir: Valentin, was machst du bloß, wenn du eines Tages, Gott behüte, vorzeitig den Geist aufgeben musst?

All das, was du einmal mit diesem Jungen unternehmen wolltest, all die großen Pläne, die Gespräche, die du mit ihm führen, die Erfahrungen, die du mit ihm teilen wolltest – all das wird dann nicht sein.« Ein Nippen am Weinglas, dann ein verschmitztes Lächeln. »Hätte ich dich einfach so, ohne jegliches Gegengift, den Weisheiten meines Bruders ausliefern sollen? Also habe ich Christopher erfunden. Damit du nicht ganz so allein bist, wenn du mal nicht weiterweißt. Damit ich, auch wenn es mich mal nicht mehr gibt, immer bei dir sein kann.«

Viele Sommer später …

1

Als ich die Tür zum Zimmer meiner Sekretärin öffnete, waren die Ereignisse, die mein Leben zu einem vorläufigen Tiefpunkt führen würden, bereits eingetreten. Sie mussten mich nur noch als Nachricht erreichen. Ich befand mich in einer ähnlich absurden Lage wie eine dieser Comicfiguren, die unversehens über den Rand des Abgrunds gerät und bloß noch nicht hinunterstürzt, weil sie noch nicht bemerkt hat, dass sich unter ihr kein fester Boden mehr befindet.

Helles Morgenlicht fiel schräg durch die Fenster des Büros. Draußen brach der Sommer an. Meine Sekretärin, die sanfte, liebenswürdige Frau Tenhagen, die für den ganzen Stress der letzten Monate nichts konnte, saß an ihrem Schreibtisch und unterhielt sich mit Markus, unserem stets gutgelaunten Labormanager, der in seiner Freizeit am liebsten in die Berge zum Paragliding fuhr. Neben Markus stand eine blutjunge Frau in gelbem T-Shirt, die ich nicht kannte. Und neben ihr standen die beiden ebenfalls erstaunlich jungen Webdesigner mit ihren Hornbrillen, die wir kurzfristig für den Relaunch unserer Website engagiert hatten. Neben ihnen wiederum stand im Moment noch niemand, doch dieses Manko würde bestimmt bald behoben werden.

»Morgen allerseits. Guten Morgen, Frau Tenhagen.«

»Guten Morgen, Herr Dr. Weynbach.«

»Frau Tenhagen, könnten Sie bitte den Termin mit Novotech auf den späten Nachmittag verschieben, Michael wollte mich dringend sprechen. Ich schau jetzt erst mal bei ihm vorbei.«

»Natürlich.«

»Danke.«

Damit wollte ich mich auf den Weg machen, doch Frau Tenhagen reichte mir eine Unterschriftenmappe und einen Stift. »Wenn Sie das bitte noch eben abzeichnen würden, Herr Dr. Weynbach, dann könnte ich es abschicken.«

»Klar«, sagte ich.

»Und dann noch einmal da und da. Und hier noch. Danke, das war's.«

»Also, die nächste halbe Stunde bin ich bei Michael.« Als ich losging, merkte ich, dass der ganze Tross hinter mir herkam.

»Nicolas, hast du eine Minute?«, fragte Markus und winkte mit einer hellbraunen Mappe.

»Hm«, murmelte ich, obwohl ich eigentlich nein sagen wollte. »Worum geht's denn?«

»Herr Weynbach?«, rief leise einer der beiden Webdesigner in meinem Rücken dazwischen. »Wir wollten Ihnen nur kurz die Veränderungen auf der Webseite zeigen, die wir gestern Abend noch vorgenommen haben. Die Methusalem-Produktlinie steht jetzt ganz im Vordergrund. Sieht richtig schick aus!«

»Es geht um die Aufteilung der Labore im Keller«, legte Markus nach. »Ich weiß, wie wichtig Michaels Projekte sind, nur belegt er mittlerweile mehr als die Hälfte des Raums da unten, und die anderen brauchen halt auch Platz.«

Um zügig zu Michaels Büro am Ende des Flurs zu gelangen, musste ich mich schleunigst von dem Tross losreißen. »Markus, wie wär's, wenn du einen Vorschlag machst, wie die Aufteilung idealerweise aussehen könnte? Einen, mit dem alle glücklich sind«, versuchte ich es diplomatisch. Und zu den beiden Webdesignern: »Danke für Ihren Einsatz. Könnten Sie sich mit Frau Tenhagen kurzschließen? Ich schätze, am Abend dürfte sich etwas Zeit finden lassen, dann würde ich bei Ihnen vorbeischauen.«

»Cool, machen wir. Danke, Herr Weynbach!«

Markus reichte mir seine Mappe und grinste.

»Ach – schon erledigt? Super, ich seh's mir an.« In meinem Sakko vibrierte mein Handy, ich zog es heraus. Valerie. Ich drückte den Anruf weg. Keine Zeit im Moment und keinen Nerv.

»Gern geschehen. Und dann wollte ich dir noch unsere neue Praktikantin, Frau Eisenhauer, vorstellen.«

Ich blickte auf die junge Frau im gelben T-Shirt, die neben Markus herlief. »Willkommen«, sagte ich, versuchte zu lächeln und reichte ihr im Gehen die Hand. »Alles gut? Wo hat man Sie denn untergebracht?«

»Alles gut, Herr Dr. Weynbach. Ich bin im Team von Dr. Michael Genfer.«

»Das Methusalem-Projekt? Freut mich zu hören«, sagte ich, als mein Handy erneut vibrierte. Ich ließ es vibrieren.

Wir waren mittlerweile vor Michaels Büro angekommen, und Markus und die neue Praktikantin verabschiedeten sich. »Guten Start!«, rief ich ihr nach. Und zu Markus: »Ich melde mich.« Dann klopfte ich an Michaels Tür und trat in sein Büro.

*

Michael saß an seinem Schreibtisch am Fenster, die Finger an der Tastatur. »Sekunde, bin sofort bei dir«, sagte er hastig, während er mit einer Irrsinnsgeschwindigkeit auf seiner Tastatur weitertippte. Die Jalousien waren wie immer geschlossen. Eine Marotte, die er möglicherweise von mir übernommen hatte. Mich jedenfalls störte Sonnenlicht beim Arbeiten. Bei immer gleichem Kunstlicht hingegen konnte man sich aufs Wesentliche konzentrieren.

Ich setzte mich auf das schwarze Ledersofa, vor dem ein niedriger Beistelltisch stand, auf dessen Existenz man jedoch nur indirekt schließen konnte, weil er vollständig mit Magazinen bedeckt war, *Science*, *Nature*, *Cell* und viele andere mehr, manche noch in Folie eingeschweißt, andere zerfleddert, mit geknickten Coverseiten.

»Michael, komm, lass uns anfangen«, sagte ich ungeduldig.

»Okay, fertig.« Er sprang von seinem Bürostuhl auf und kam mit großen Schritten auf mich zu.

Es war jedes Mal aufs Neue eindrucksvoll: die Verwandlung zum Riesen, wenn er aufstand. Michael war so groß, man hätte ihn halbieren können, und er hätte immer noch etwas Raumfüllendes gehabt.

Wie alt war er jetzt? Ende dreißig? Anfang vierzig? Auf jeden Fall hatte er nichts von seiner kindlichen Begeisterung eingebüßt. Kein bisschen zynisch geworden durch die Realität, dieser Zertrümmerin allzu großer Träume. Als könnte ihm das tägliche Chaos in der Firma nichts anhaben. Als würde er darin geradezu aufblühen.

Schon als er vor vielen Jahren als wissenschaftlicher Mitarbeiter zu uns gekommen war, hatte er alle anderen in den Schatten gestellt. Allein die Leichtigkeit, mit der er neue komplexe Sachverhalte erfasste, war beeindruckend.

Aber es war weit mehr als das: Ihm lag das ganze Geschäft, es war, als wäre er in diesem Metier ganz in seinem Element, als sei der Job wie für ihn geschaffen. Und obwohl ich ihn schätzte und bewunderte, es gab Momente, in denen ich ihn beneidete. Um seine Energie, seinen Optimismus, seinen nachhaltigen Elan.

Warum versetzte es mir dagegen oft einen Stich, wenn ich morgens das Firmengebäude schon von weitem sah? Wenn ich an den völlig verplanten Tag dachte, der mir bevorstand? Oder wenn Frau Tenhagen mit ihrem Kalender und ihrem Stift zu mir kam, um die Termine des Tages mit mir durchzugehen. Manchmal träumte ich mich dann einfach auf und davon – Hauptsache, weit weg!

Zuweilen, wenn ich mal wieder genug von allem hatte, überkam mich sogar der Impuls, Michael den Laden einfach mir nichts, dir nichts zu übergeben. Woraufhin mich jedoch sofort das schlechte

Gewissen packte, schließlich war es nicht irgendein Laden, von dem ich die Schnauze voll hatte. Nein, es war der Laden meines Vaters, und im Prinzip machten wir ja auch etwas Sinnvolles.

Ich schämte mich dann jedes Mal für meine eigene Unzufriedenheit. Warum konnte ich nicht einfach dankbar sein, dass ich einen – obendrein gutbezahlten – Job hatte? Reichte das etwa nicht? Und dennoch hatte ich nicht selten die größte Lust, alles stehen und liegen zu lassen und abzuhauen … in ein anderes Leben.

Michael hatte sich mir gegenüber in einen Sessel gesetzt. Ich blickte auf sein schmales Gesicht mit den hohen Wangenknochen, auf seinen schwarzen Haarschopf.

»Mann, Nicolas«, begann er unvermittelt, »du siehst ja richtig blass aus heute. Und dunkle Ringe unter den Augen hast du auch. Warum schläfst du nicht mal aus? Oder nimmst einen Tag frei?«

»Danke, Michael. Freut mich auch, dich zu sehen. Also, was gibt es so Dringendes?«

Michael atmete einmal tief durch, und sein Gesicht wurde ernst. »Ich fürchte, ich habe schlechte Nachrichten und schlechte Nachrichten.«

Ich sah ihn irritiert an. »Dann gib mir vielleicht erst mal die schlechten.«

»Drei Testpersonen sind abgesprungen. Warum,

weiß ich nicht. Damit war im Prinzip zu rechnen, aber nicht so früh! Wenn es so weitergeht, versaut uns das bald die Statistik.«

»Okay, dann könntest du mir ja jetzt die schlechten Nachrichten offenbaren.«

»Ich habe eine erste Analyse vorgenommen, und …« Ein Seufzen.

»Ich bin ganz Ohr.«

»Schaut nicht gut aus. Wir sehen einfach nicht die gewünschten Resultate.«

»Über welchen Zeitraum sprechen wir denn jetzt?«

»Ich spreche über die Daten von zwei Wochen.«

»Zwei Wochen. Ist das nicht ein bisschen verfrüht?«

»Vielleicht. Aber so langsam sollten wir gewisse Effekte sehen. Bisher jedoch lässt sich noch nicht einmal erkennen, dass sich die Substanzen im Blut anreichern würden.«

»Was?« Sprachlos saß ich da. Starrte Michael ins Gesicht. Blies meine Wangen mit Luft voll – und ließ die Luft dann langsam wieder entweichen.

Ich konnte es nicht fassen. Vor allem nicht die Lässigkeit, mit der Michael mir diese Hiobsbotschaft servierte. »Mit anderen Worten, unser Supercocktail wird einfach so wieder ausgeschieden? Gelangt gar nicht erst vom Darm in den Blutkreislauf?«

Michael zuckte mit den Schultern. »Schwer zu sagen. In ein, zwei Wochen wissen wir mehr. Wenn du mich fragst, eigentlich mache ich mir keine allzu großen Sorgen. Dafür sind die Effekte, die wir im Labor beobachtet haben, zu robust.«

»Keine allzu großen Sorgen?!« Ich wusste gar nicht, wo ich anfangen sollte. »Das ist jetzt nicht dein Ernst. Du weißt schon, was hier auf dem Spiel steht, oder? Wir haben alles auf diese eine Karte gesetzt. *Ich* habe alles auf diese eine Karte gesetzt. Herrgott, Michael, die klinische Studie verschlingt Unsummen, unsere finanziellen Mittel sind bald ausgereizt. Die ganze Marketingkampagne ist schon fertig geplant. Ich meine, das Produkt ist so gut wie da, Michael, es ist *da*!« Ich schrie jetzt fast, was mir peinlich war, und ich versuchte, mich zusammenzureißen.

»Das ist mir schon klar, Nicolas, deswegen wollte ich dir auch so schnell wie möglich einen ersten Zwischenstand geben. Also, wir setzen jetzt alles daran, dass –«

»Weißt du, wie groß das Interesse an dem Methusalem-Produkt ist? Wie viele Anfragen bei mir täglich reinkommen?«, unterbrach ich ihn barsch. »Stell dir vor, wir müssen unseren potentiellen Kunden offenbaren, dass unsere Wunderpille leider nur Hefezellen und Mäuse verjüngt, das allerdings auf robuste Weise!« Ich hielt inne. Das Blut pochte in meinen Ohren. Die Muskeln meines Gesichts hatten sich verspannt, als stünden sie unter Strom. Die Spannung reichte bis in die Beine hinein, und ich musste an mich halten, um jetzt nichts zu sagen, was ich gleich darauf bereuen würde.

Ich faltete meine Hände wie zum Gebet, um zu verhindern, dass ich einen Wutanfall bekam, denn den hatte Michael wahrlich nicht verdient.

»Michael«, sagte ich mit bebender Stimme. »Wenn das Methusalem-Projekt scheitert, dann war's das für uns. Dann können wir den Laden dichtmachen. Das ist dir schon klar, oder?«

Michael sah mir erschrocken, aber dennoch selbstbewusst in die Augen. »Das Projekt wird nicht scheitern.« Pause. »Nicolas, wann habe ich dich das letzte Mal enttäuscht?«

Ich blickte zu Boden. »Noch nie.«

»Ich werde jetzt nicht damit anfangen.«

Wortlos stand ich auf und ging zur Tür.

»Nicolas?«

Ich legte meine Hand auf die Türklinke.

»Nicolas, alles okay?«

»Ich muss los«, murmelte ich, öffnete die Tür und trat hinaus.

Im Flur musste ich mich erst mal an die Wand lehnen, um meine Fassung wiederzufinden.

Mein Weg nach unten hatte begonnen, noch aber war ich nicht am Boden angekommen.

Noch nicht.

Das kam jetzt.

*

Kopfschüttelnd schritt ich den leeren Flur entlang. Versuchte, meinen immer wieder aufkeimenden Ärger und meine Angst zu unterdrücken, was mir nur mäßig gelang.

Ich ging ein paar Schritte, blieb stehen, atmete tief durch, ging weiter, blieb wieder stehen, drehte mich um und ging erneut ein paar Schritte. Nervös blickte ich auf die Uhr. Mir stand eine Telefonkonferenz mit einem möglichen Kooperationspartner bevor, aber ein paar Minuten hatte ich noch, und ich musste einfach etwas von meiner negativen Energie loswerden und mich beruhigen.

»Ruhig, Nicolas«, flüsterte ich mir selbst zu. »Ganz ruhig …« Doch je länger ich den Flur auf und ab schritt, umso irritierter fühlte ich mich. Und dann merkte ich, was es war, das mich dermaßen auf die Palme brachte: Es war das Porträt, das am Ende des Flurs hing. Das Porträt meines Vaters.

Sonst blendete ich es immer aus und ging achtlos daran vorbei. Ich sah es gar nicht mehr. Jetzt spürte ich den väterlichen Blick vorwurfsvoll auf mir ruhen.

Trotzig blieb ich vor dem Bild stehen. Fuhr mir mit den Händen durchs Haar, verschränkte sie im Nacken und sah ihn herausfordernd an. Ihn, meinen Vater, den großen Firmengründer. Der immer alles im Griff gehabt hatte. Ich starrte ihm in die Augen und merkte, wie meine Kiefermuskeln meine Zähne knirschen ließen.

Schaute ich auch so ernst und streng wie er? Wirkte ich auch so alt und langweilig? Mein Vater konnte sich immerhin zugutehalten, etwas Eigenes geschaffen zu haben: *Weynbach Pharmaceuticals*, seine Firma, sein ganzer Stolz. Wohingegen ich einfach nur sein Lebenswerk übernommen und fortgeführt hatte. Ja, ich hatte vielleicht etwas frischen Wind in den angestaubten Laden gebracht. Aber war das in dieser Situation überhaupt noch von irgendeinem Wert?

Das Ziel meines Vaters war die Entwicklung von Wirkstoffen zur Bekämpfung weitverbreiteter Altersleiden gewesen, mit Schwerpunkt neurodegenerative Erkrankungen wie Alzheimer und Parkinson – damals ein vielversprechender, geradezu heroischer Ansatz. Er hatte ja nicht vorhersehen können, dass es auf diesem Feld praktisch nur Fehlschläge geben würde.

Nach aufwendiger Forschungsarbeit und verdammt viel Glück war es uns dennoch gelungen, ein lukratives Patent zu verkaufen. Als dann Michael zu uns gestoßen war, hatten wir beschlossen, das Unternehmen neu zu positionieren. Der mit Abstand größte Risikofaktor für Altersleiden, so unsere Überlegung, ist das Alter selbst. Und so waren wir zu dem eigentlich naheliegenden Schluss gekommen, dass wir unser Augenmerk statt auf spezifische Alterserkrankungen, auf den wahren Übeltäter richten sollten: den Alterungsprozess als solchen.

Michael war Feuer und Flamme gewesen und hatte das »Methusalem-Projekt«, wie wir es zunächst eher spaßhaft getauft hatten, mit hohem Tempo vorangetrieben. Buchstäblich Tausende von natürlichen Substanzen hatten er und sein Team geprüft, die das Potential in sich bargen, den Alterungsvorgang zu verlangsamen.

Inzwischen war es uns gelungen, die Lebensspanne von diversen Organismen und Tieren (Hefezellen, Würmern, Mäusen) mit Hilfe verschiedener Kombinationen von Stoffen signifikant zu verlängern. In mühsamer Kleinarbeit hatten wir schließlich so etwas wie den optimalen Anti-Aging-Wirkstoffcocktail zusammengestellt.

Jetzt stand uns bloß noch ein Test bevor, der

entscheidende – der am Menschen. Das war der Grund dafür, weshalb bei uns die Nerven blank lagen: Unter Aufbietung all unserer Kräfte und Ressourcen hatten wir in den vergangenen Monaten eine für uns eigentlich zu groß angelegte klinische Studie ins Leben gerufen. Der Test sollte uns zum Durchbruch verhelfen, barg jedoch auch, wie wir von Anfang an gewusst hatten und wie sich nun deutlich abzeichnete, ein immenses Risiko. Nicht nur, dass er unsere Kassen leer fraß. Nein, die größte Gefahr war: Wenn die »verjüngende« Wirkung unserer Methusalem-Pille wider Erwarten ausbleiben sollte, würde das nicht lediglich das Ende des Projekts, sondern auch das der Firma bedeuten.

Damit wäre das Erbe meines Vaters ruiniert. Ich würde eines Abends nach Hause kommen und Valerie und Julian verkünden müssen, dass es *Weynbach Pharmaceuticals* bald nicht mehr geben würde. Und was dann sein würde, wusste keiner.

»Scheiße«, sagte ich leise zu meinem Vater an der Wand. »Scheiße.«

In dem Moment vibrierte das Handy. Genervt ging ich ran:

»Valerie, ich bin grad ein bisschen im Stress. Was ist denn?«

»Nicolas, ich versuche schon die ganze Zeit,

dich zu erreichen.« Die Stimme meiner Frau klang ungewöhnlich ernst, gepresst.

»Was ist los?«

»Ich weiß gar nicht, wie ich es dir sagen soll.«

»Was ist passiert? Ist was mit Julian?«, fragte ich erschrocken.

»Es geht um Onkel Valentin.« Schweigen, gespenstische Stille in der Leitung. »Er ist heute Nacht gestorben.«

Mein Körper erstarrte. Mir stockte der Atem. Für einen Augenblick war es, als legte sich über mich und den Rest der Welt eine dunkle Decke, die alles erstickte.

»Nicolas?«, hörte ich Valeries Stimme aus weiter Ferne. »Es tut mir so leid. Ich kann es noch gar nicht glauben. Es tut mir so wahnsinnig leid. Ich weiß, wie sehr du ihn geliebt hast.«

2

Ich weiß nicht mehr, wie ich den Rest des Tages verbrachte. Natürlich in Meetings, physisch zumindest. Es fühlte sich an, als befände ich mich mit dem Kopf unter Wasser – die Außenwelt drang nur verschwommen und stark gedämpft an mich heran.

Nachdem ich mich sekundenlang nicht hatte bewegen können, setzten sich meine Beine irgendwann wie von alleine in Bewegung. Als hätte etwas in mir die Kontrolle über mein Verhalten übernommen. Wie ferngesteuert. Als wüsste der, der die Fernsteuerung bediente, im Gegensatz zu mir, was zu tun war.

Ich sah mich selbst von außen: eine geistesabwesende Gestalt in Jeans, weißem Hemd und dunkelblauem Sakko, von Meeting zu Meeting eilend. Ich sah zu, wie die Gestalt Hände schüttelte. Wie sie eine kleine Gruppe von Investoren durch die Laborräume führte und immer wieder verkrampft zu lächeln versuchte, die Hand ums Handy geklammert, als brauchte sie etwas zum Festhalten.

Gegen Abend noch einmal Valerie:

»Nicolas, wie geht's?«

Ich schwieg.

»Nicolas?«

»Schon okay.«

»Ich habe eben noch einmal telefoniert. Es heißt, du bist sein einziger Erbe. Wir müssen so bald wie möglich hinfliegen.«

Ich konnte schlichtweg nicht über meinen Onkel sprechen und sagte: »Ich hör dich ganz schlecht. Bist du unterwegs?«

»Ja, ich bin schon auf dem Weg zur Schule. Ich wollte vor Julians Aufführung noch kurz mit Frau Reinhardt sprechen ...«

Julians Aufführung! Ich sah auf die Uhr: 17 Uhr 43. Mist! Ich hatte es glatt vergessen. Das Schuljahr ging zu Ende, die Kinder wurden mit Theaterstücken in die Sommerferien entlassen. Julian übte seit Wochen seine Indianerrolle, und ich hatte hoch und heilig versprochen, da zu sein.

»Ich habe mir überlegt, wir könnten doch alle zusammen hinfliegen und vielleicht etwas länger bleiben. Einfach ein paar Tage Auszeit, Nicolas, nur du und ich und Julian. Was meinst du? Im Grunde könnten wir morgen schon los. Wenn wir noch Flüge bekommen. Sonst am Wochenende.«

»Valerie, ich muss hier jetzt wirklich Gas geben, wenn ich es noch zur Aufführung schaffen will.«

»Was? Ach so, ich dachte, du wärst längst unterwegs.« Schweigen. »Na gut, dann bis gleich …«

Ich wollte noch etwas sagen, aber Valerie hatte bereits aufgelegt, grußlos.

Ich schnappte mir meine Tasche und verließ mein Büro. Frau Tenhagen war schon weg, und ich ging rasch den Flur hinunter in Richtung Ausgang. Abrupt blieb ich stehen, lief noch einmal zurück bis zu Michaels Büro und steckte den Kopf hinein.

»Nicolas, alles klar?« Michael saß wie üblich am Computer und tippte.

»Michael, Entschuldigung, ich muss sofort los. Muss zu Julian in die Schule.«

»Schule, jetzt? Elternabend?«

»Ja … nein. Eine Aufführung, Sommerferien und so«, stotterte ich. »Alles klar bei dir?«

»Ja.«

Ich wollte schon die Tür schließen, als ich noch einmal ansetzte: »Ähm …«

Michael tippte einfach weiter. Irgendwann sagte er: »Ich hör dir zu, Nicolas, ich hör dir zu …«, ohne den Blick vom Bildschirm zu nehmen.

Ich sagte ihm dann, dass ich die nächsten Tage eventuell nicht im Büro sein würde. Ich wollte ihm auch vom Tod meines Onkels berichten, brachte es jedoch nicht heraus und murmelte bloß: »Ich erklär's dir später, sorry, muss jetzt los.«

Michael sah überrascht zu mir herüber, aber ich hatte einfach keine Zeit mehr, winkte noch irgendwie unbeholfen und eilte davon. Eigentlich hätte ich rennen müssen, um noch halbwegs rechtzeitig zur Schule zu gelangen, stattdessen beherrschte ich mich und ging mit großen Schritten und meiner Tasche den Flur entlang, vorbei an einem Mitarbeiter, der mir etwas zurief, nur konnte ich jetzt wirklich nicht stehen bleiben, ich lief weiter.

Erst draußen fing ich an zu rennen, ich rannte hinüber zum Parkplatz, bis ich schnaufend meinen Wagen erreichte und endlich losfuhr.

Wobei, fahren wäre schon zu viel gesagt, denn ich geriet geradewegs in den Feierabendverkehr, und statt zügig voranzukommen, krochen alle im Schneckentempo vor sich hin – ein paar Meter vorwärts, dann wieder Stillstand. Es war zum Wahnsinnigwerden!

Immer wieder sah ich auf die Uhr und schüttelte den Kopf.

Ich konnte Valerie förmlich vor mir sehen, wie sie genervt die Augen verdrehen würde, weil ich mal wieder zu spät kam.

Und je länger ich da im Verkehr stand, eingeklemmt zwischen all den anderen Wagen, und auf die tickende Uhr sah, während sich in der Schule wahrscheinlich die letzte Eröffnungsrede langsam ihrem Ende zuneigte, umso wütender wurde ich. Ich hätte gar nicht genau sagen können, was oder wer es war, auf den ich so sauer war. Es war einfach Wut, blinde Wut, und ich fing an zu schimpfen, auf Michael, auf meinen Vater, auf Valerie, die bisher nur in meinem Kopf und sonst nirgendwo die Augen verdreht hatte. Vor allem aber fluchte ich auf mich selbst, als plötzlich das Telefon klingelte – Michaels Stimme über die Freisprecheinrichtung:

»Nicolas, hier sind soeben zwei Vertreter von Novotech eingetroffen. Ich hab gesagt, dass du dringend losmusstest. Ich setze mich kurz mit denen zusammen, okay?«

»Danke, Michael«, sagte ich. »Danke.«

»Klar.«

Ich hätte schon fast aufgelegt, da sagte er: »Ach, eins noch …«

»Was?«

»Niels hat mir das Review geschickt.«

»Hm«, entgegnete ich nur. Und als Michael nichts sagte: »Ist doch gut.«

»Nein, eben leider nicht. Es ist vollkommen konfus geschrieben, man versteht die Hälfte nicht. Du solltest wirklich einen Blick draufwerfen.«

»Schick's mir rüber.«

»Es fehlt echt die Geschichte, weißt du? Da

muss eine Geschichte rein, und ... Das kann halt keiner so wie du.«

Irgendwie redete er immer noch weiter, aber ich sagte: »Gut, Michael, ich kümmer mich drum, ich muss jetzt Schluss machen.«

*

Als ich endlich in der Schule ankam, war ich schweißnass, und die Aula der Schule war so überfüllt und heiß, dass ich noch mehr ins Schwitzen kam. Die Luft war unerträglich stickig. Dämmriges Licht. Auf der Bühne ganz vorne fanden bereits die Aufführungen statt. Ein Mädchen hockte in einem Froschkostüm und sang ein Lied in ein schepperndes Mikrophon. Direkt vor der Bühne saßen die anderen Kinder, teils auf niedrigen Holzbänken, teils auf dem Boden, und sahen mit gespannten Blicken zur Bühne hoch. Dahinter die Eltern, Stuhl an Stuhl, Reihe um Reihe.

Es verblüffte mich, wie vollgepackt die Aula war. Es waren sicher mehr als 200 Menschen da, und zunächst konnte ich Valerie in der Menschenmenge gar nicht entdecken. Erst nach einer Weile erkannte ich ihren Hinterkopf, das lange dunkelblonde Haar, um ihre Schultern ihr leichter beiger Schal.

Hinter der hintersten Stuhlreihe standen jene Eltern, die, wie es aussah, zuletzt gekommen waren. Ich, als Allerletzter, stellte mich irgendwo zwischen sie. Dann stand ich einfach nur da, sah auf Valeries Hinterkopf und die anderen Köpfe und Rücken. Ich schloss die Augen und merkte, wie schnell ich atmete, fast schon hyperventilierte.

Als ich so mit geschlossenen Augen dastand und die Kinderstimmen von der Bühne vor mir hörte und ab und zu das Lachen der Eltern, wurde mir auf einmal schwindlig. Es war, als hätte mir jemand einen Gehörschutz aufgesetzt, so einen großen, dicken, wie ihn Bauarbeiter aufhaben, die mit einem Presslufthammer die Straße aufbrechen. Die Aula und alles um mich herum versanken in dumpfem Murmeln. Und dann plötzlich, einen flüchtigen Augenblick lang, sah ich die Gestalt meines Onkels vor mir: sein verschmitztes Lächeln, sein graues, zurückgekämmtes Haar. Ich sah ihn in einem seiner hellen Sommeranzüge, sah ihn im Garten seiner Villa stehen und mir etwas zurufen, das ich nicht hören konnte …

Es war Julians Stimme, die mich schließlich aus meinem wirren Tagtraum riss. Die Aula und die Menschen gerieten wieder in den Fokus, und ich blickte zur Bühne hinüber. Da war er, unser Sohn. Er kniete in seinem hellbraunen Indianerkostüm auf der Bühne, das Gesicht im Rampenlicht, angespannt, aufgeregt. Er strahlte. Er sagte etwas, aber ich konnte nicht verstehen, was. Ich starrte ihn an und merkte, wie sich ein Lächeln auf mein Gesicht legte, dann nickte ich, als könnte er mich sehen. Ich betrachtete meinen kleinen Jungen und winkte ihm aus der Ferne zu und spürte, wie sich meine Augen mit Tränen füllten. Als sein Part zu Ende war, lachte ich und schaute zu Valerie, beobachtete, wie sie klatschte und sich dabei suchend in der Aula umsah, nach jenem einen Menschen, der in diesem Moment denselben Stolz und dieselbe überwältigende Liebe empfand. Bis sich unsere Blicke trafen. Und ich nickte Valerie lächelnd zu, und sie lächelte mit einer Herzlichkeit zurück, die selten geworden war in letzter Zeit.

*

Später am Abend fuhren wir getrennt nach Hause, wir waren ja mit zwei Wagen gekommen. Julian fuhr mit seiner Mama, ich holte noch Pizza bei Julians Lieblingsitaliener, und als wir alle zu Hause angekommen waren und am Küchentisch saßen und aßen (ich selbst konnte nichts essen), redete Julian ohne Unterlass – ob wir dieses gesehen hätten und jenes und dass Frau Reinhardt gesagt hätte, er hätte es nicht besser machen können, und dass morgen letzter Schultag und dann Ferien seien und dass Anni an die Ostsee fahren würde und wo denn die Ostsee liege und ob wir nicht auch mal ans Meer fahren würden.

»Anni?«, fragte ich.

»Julians beste Freundin«, sagte Valerie.

»Ach so, ja … Klar.«

Und dann schlug Valerie vor, dass wir auch wohin fliegen könnten und was er, Julian, davon halte.

»Wirklich, Mama? Ans Meer?«, fragte Julian mit großen Augen. Er war bisher nur zwei, drei Mal geflogen.

»Ja, wir könnten morgen schon los, gleich nach der Schule. Und vielleicht können wir von dort auch mal ans Meer fahren.«

»Cool, Mama. Alle zusammen?«

»Hm.«

»Auch mit Papa?«

»Ja.«

»Papa?«

»Hm?«

»Papa, musst du nicht arbeiten?«

Doch, musste ich. Aber ich schüttelte den Kopf.

*

Valerie brachte Julian schließlich ins Bett. Als ich

nach einer Weile hochging, um nach ihnen zu sehen, war sie neben Julian eingeschlafen. Sie lagen im Halbdunkel nebeneinander, und ich hörte ihre gleichmäßigen Atemzüge.

Ich zog die Decke über sie und ging leise wieder nach unten. In der Küche öffnete ich den Kühlschrank, nahm ein Bier und setzte mich damit ins Wohnzimmer an den Esstisch.

Eine Zeitlang saß ich einfach nur da, trank mein Bier. Bis mir irgendwann die drei identischen *Science*-Hefte auf dem Esstisch auffielen. Ich stutzte, griff nach einem der Hefte und musterte es. Es war die aktuelle Ausgabe.

Drei aktuelle *Science*-Magazine. Mir war sofort klar, was das hieß, und unwillkürlich begann ich zu blättern, Seite um Seite um Seite, bis ich auf den fettgedruckten Namen stieß: »By Valerie Weynbach«. Er stand links unten auf einer Doppelseite mit dem Bild einer halbnackten, schlafenden Frau als Aufmacher. Aus dem Kopf der Frau flatterten lauter Vögel in dunkelblauen bis violetten Farbtönen. Vom Stil her erinnerte mich das Bild ein bisschen an Salvador Dalí (den mein Onkel gemocht hatte). Der Titel des Artikels lautete: *The answer is in your dreams. Cognitive neuroscientists are unraveling how the brain's superpowers awaken when we sleep.*

Ich starrte auf das Heft und blätterte zum Ende

des Beitrags. Ein ausführliches Feature, mehrere Seiten lang, mit Bildern von verkabelten Köpfen und Hirnscans sowie diversen Diagrammen.

Meine Frau Valerie war zweisprachig aufgewachsen – ihr Vater war Amerikaner. Sie arbeitete als freie Wissenschaftsjournalistin für das US-Magazin *Science*. Auf diesem Weg hatten wir uns auch kennengelernt: Sie hatte damals, als Michael und ich unsere ehrgeizige Neuausrichtung der Firma vorgenommen hatten, über uns berichtet. Sie hatte in ihrem Artikel unseren Methusalem-Ansatz dermaßen kritisch auseinandergenommen, dass wir uns zuerst mächtig geärgert hatten. Daraufhin hatte ich kurzerhand beschlossen, sie einzuladen, damit sie sich selbst ein Bild von uns und unserem Labor machen konnte.

Zu unserer Überraschung hatte sie die Einladung angenommen, und ich weiß noch, wie sie nach diesem ersten Treffen am frühen Abend gehen musste und das Gebäude verließ und etwas in mir es nicht fassen konnte, dass sie wirklich ging, und wie ich ihr hinterherrannte, nach draußen in den Regen. Irgendwie hatte ich das sichere Gefühl, dass ich es für den Rest meines Lebens bereuen würde, wenn ich sie einfach so gehen ließe. Also fing ich an zu reden, erzählte im Regen, als ginge es um mein Leben. Sie blieb auf der Straße stehen und hörte zu und sah mich an, als würde ihr der Regen nichts ausmachen oder sie ihn gar nicht wahrnehmen, und da – es war, als hätte sich in diesem kurzen Moment auf der Straße etwas verändert zwischen uns – wusste ich, dass ich sie wiedersehen würde. Irgendwann ging sie dann zwar trotzdem, musste gehen, wie sie sagte, doch zwei oder drei Tage später bekam ich eine Mail von ihr mit »ein paar kleinen Nachfragen« …

Ich nahm einen Schluck Bier. Ich war so müde, dass mir fast die Augen zufielen, wollte aber noch nicht ins Bett. Ich konnte mich jetzt nicht hinlegen. Es war, als fürchtete sich etwas in mir davor, wach im Bett zu liegen, auf den Schlaf zu warten, und so fing ich halt an, Valeries Artikel zu lesen. Las die Zeilen, um nicht mit mir allein zu sein. Las, in der Hoffnung, für einen Augenblick mich selbst vergessen zu können.

The answer is in your dreams. Der Artikel handelte davon, dass das Gehirn nachts nicht etwa eine Pause einlegt und »abschaltet«, sondern vielmehr in einen anderen, außergewöhnlichen Aktivitätsmodus (der sich wiederum in diverse »Submodi« unterteilen ließ) übergeht. Und in einigen dieser Schlafmodi, allen voran im REM-Schlaf, wenn wir träumen, lassen sich manche komplexe Probleme überraschend besser lösen als im Wachzustand.

Ähnlich wie gewisse Drogen, beispielsweise LSD oder Psylocibin, zu einer Wahrnehmungs- bzw. Bewusstseinserweiterung führen können, durch die man plötzlich Dinge sieht und erfährt, die einem zuvor verborgen waren. Als eröffneten diese Traumzustände ein Tor zu einer anderen, inneren Welt.

Es hatte etwas Angenehmes, Beruhigendes, mich mit Valeries Text abzulenken, eine Weile bei ihrem Thema und ihren Überlegungen zu sein statt bei meinen eigenen Gedanken, mal ganz abgesehen davon, dass ihr Artikel einfach gut war.

Eine Anekdote, die Valerie nutzte, um den wissenschaftlichen Kontext zu illustrieren, fand ich besonders bemerkenswert. Ein Mathematiker namens Donald Newman, der eine Zeitlang am MIT in Boston mit dem weltberühmten, schizophrenen Mathegenie John Nash forschte, hatte einst, wie Valerie schilderte, bis an den Rand der Verzweiflung mit einem mathematischen Problem gerungen. Er kam einfach nicht weiter. Es nahm ihn so mit, dass seine Freunde anfingen, sich Sorgen zu machen. Eines Nachts schließlich träumte Newman, er esse mit John Nash zu Abend und schildere ihm dabei das vertrackte Problem. Im Traum grübelte Nash eine Weile, griff dann nach seiner Serviette und kritzelte die Lösung darauf. Und das Erstaunliche war: Als Newman erwachte, erinnerte er sich an »Nashs« Lösung und stellte verblüfft fest, dass sie ihn überzeugte. Und Newman nahm seinen Traum so ernst, dass er Nash sogar zum gleichwertigen Co-Autor machte, als er sein Paper mit der Lösung veröffentlichte.

Nachdem ich Valeries Artikel zu Ende gelesen hatte, saß ich noch eine Weile reglos am Esstisch. Saß da und hoffte, es würde nichts weiter passieren.

Ich betrachtete das *Science*-Heft. Ein sechs Seiten langer Artikel. Dafür musste sie Wochen recherchiert haben. Früher hätte sie mir den Text vor der Publikation zum Gegenlesen gegeben – oder auch einfach nur so. Jetzt hatte sie mir nicht einmal das fertige Heft gezeigt.

3

Am folgenden Nachmittag, nach einem Gehetze ohne Ende, saßen wir tatsächlich zu dritt im Flugzeug. Als die Maschine abhob, blickte ich aus dem kleinen Fenster und konnte in der Ferne die Gegend ausmachen, in der die Firma lag.

Ich dachte an Michael. Ich hatte auf dem Weg zum Flughafen mit ihm telefoniert und ihm dann doch vom Tod meines Onkels erzählt, und auch wenn er mit großem Verständnis reagiert hatte, fühlte ich mich schlecht bei dem Gedanken, ihn gerade in der jetzigen Situation alleine zu lassen, obwohl er wahrscheinlich alles meistern würde. Es gab Mitarbeiter, da wurde man beim Delegieren geradezu nervös und hoffte inständig, sie würden die Sache irgendwie geregelt bekommen. Bei Michael war es nicht bloß anders, es war umgekehrt: Wenn man ihn machen ließ, war das Resultat am Ende besser, als wenn man es selbst erledigte.

Ob es jetzt auch so sein würde? Oder hatte er

sich diesmal verrannt? Hatte ich, beeindruckt von ihm und seinem genialischen Talent, zu sehr auf ihn vertraut?

So oder so fühlte es sich absurd an, hier in dieser Maschine zu sitzen, die Firma praktisch vor Augen zu haben und mich mit rasender Geschwindigkeit von ihr zu entfernen. Nur, um mich in eine Art Familienurlaub zu begeben. Als sei alles in bester Ordnung. Als hätte ich alle Zeit der Welt!

Wir befanden uns auf Reiseflughöhe, die Stewardessen und Stewards verteilten Drinks und Snacks, da meldete sich Julian, der zwischen uns saß: »Papa, kannst du mir vorlesen?«

»Hm?« Ich blickte von meinem Laptop hoch. Das von Michael erwähnte Review eines unserer Mitarbeiter erwies sich, wie angekündigt, als vollkommen unbrauchbar, im Grunde musste ich es ganz neu schreiben und hatte gerade damit begonnen, als mir Julian ein Heft hinhielt. »Nachher, Kleiner, ich muss noch ein bisschen arbeiten.«

Valerie seufzte. »Komm«, sagte sie. »Ich les dir vor.«

Ich wandte mich wieder dem Review zu. Das heißt, ich versuchte es, und mit den Augen war ich auch dabei. Mein linkes Ohr jedoch wurde anderweitig beschäftigt, da Julian mir – durch das Kabinenbrummen hindurch, das beinahe so laut war wie das Rauschen einer sterilen Werkbank – in regelmäßigen Abständen vom Verlauf der Geschichte berichtete, wodurch mir produktiverweise nichts davon entging.

So erfuhr ich, dass es einen Helden namens »Agent C« gab, der in einer geheimen Villa (»Villa Mystica«) wohnte, in der sich, wie der Name subtil suggerierte, irgendwelche mysteriösen Vorfälle abspielten. Auf diese Weise hätte ich genauso gut selbst vorlesen können, was ich auch durchaus gern gemacht hätte, nur hatte ich ja wirklich einiges um die Ohren, und angesichts des bevorstehenden Zwangsurlaubs hatte ich den Flug eigentlich nutzen wollen, um wenigstens das Allernötigste zu erledigen.

Später, als Valerie eine Pause brauchte, übernahm ich das Lesen, und Julian und ich verloren uns in die Abenteuer dieses Agenten C und seiner Villa mit ihren geheimen Gängen, Treppen und Kammern …

Als wir das Heft ganz durchgelesen hatten, erzählte Julian seiner Mutter den Rest der Geschichte. Ich sah in der Kabine umher.

Rechts neben mir, jenseits des Gangs, saß eine ältere Dame, die mir einen liebenswürdigen Blick zuwarf. Ich nickte ihr zu, obwohl ich mir dabei wie ein Hochstapler vorkam. Für sie sah es – wenn ich ihren Blick richtig deutete – offenbar so aus, als wäre ich ganz der liebevolle Vater, der sich stets jede Menge Zeit für seinen kleinen Sohn nahm. Der nichts lieber tat, als seinem Jungen vorzulesen, und darüber selbstverständlich seine Arbeit vergaß …

Dabei dachte ich in dem Moment, in dem ich ihr zunickte, vor allem an das Review, das ich im Kopf neu strukturierte.

*

Die Villa meines Onkels lag am Rande eines Dorfes inmitten einer Weingegend, die manche vermutlich als idyllisch oder pittoresk beschrieben hätten, andere als das Ende der Welt. Vom Flughafen waren wir noch einmal mehr als zwei Stunden mit dem Mietwagen unterwegs, die letzten zwanzig Minuten nur noch über Landstraßen.

Es zog und zog sich.

Irgendwann sagte Julian von der Rückbank: »Papa, weißt du was, du hast mir schon ganz lange keine Quatschgeschichte mehr erzählt.«

Ich lächelte. Schon seit er klein war, liebte er es, Geschichten erzählt zu bekommen, und da hatte ich damit begonnen, für ihn Geschichten zu erfinden. Wir nannten sie »Quatsch-« oder auch »Mausquatschgeschichten«, weil ich mir anfangs eine Maus mit Piepsstimme ausgedacht hatte, die gemeinsam mit Julian die wildesten Abenteuer erlebte (inzwischen ging mir die Piepsstimme zu sehr auf die Nerven, und Julian war ja auch älter geworden, und so ließ ich sie weg).

Ich war müde und hatte zunächst nicht so richtig Lust, geriet dann aber doch ins Erzählen, hauptsächlich, um Gequengel während der Fahrt zu vermeiden. Ich erfand irgendeine Geschichte um Agent C, der zusammen mit seinem brillanten Kollegen, Top-Agent J, lauter Abenteuer in der »Villa Fantastica« erlebte.

»Papa, Villa *Mystica*«, korrigierte Julian.

»Mein ich doch.«

Als ich nicht mehr weiterwusste, kam Valerie mir zu Hilfe, und es wurde regelrecht lustig: Ein paar Räuber hatten es auf die üppigen Goldschätze in der Villa Mystica abgesehen, und während Julian und ich bereits jede Menge Laserkanonen und weitere Waffen in Stellung gebracht hatten, erfand Valerie kurzerhand einen magischen Staub, der die Villa unsichtbar machen konnte, um so die Räuber auszutricksen.

»Mama?«

»Ja?«

»Gibt es wirklich Staub, der unsichtbar macht?« Julian war dermaßen in der Quatschgeschichte versunken, er merkte gar nicht, dass wir angehalten hatten.

»Was meinst du, Agent J, wollen wir heute hier übernachten?«, fragte ich, als ich den Wagen geparkt hatte, die Hand noch am Zündschloss. »Ich habe gehört, hier soll es irgendwo eine geheime Villa geben.«

»Hä, Papa, aber da ist doch nichts«, kam es von der Rückbank. »Wo ist denn die Villa?«

»Die wirst du gleich sehen. Wir müssen nur noch kurz warten, bis die Wirkung des magischen Staubs nachlässt.«

»Papa!«, rief Julian genervt, geradezu erbost. »Es gibt keinen magischen Staub! Mama, Papa soll mich nicht ärgern!«

»Ach, Julian, Papa macht doch bloß Spaß …«

Ich sah nach hinten. Sah auf das Gesicht meines Sohns. Das Geheimagentengesicht, wie es gespannt aus dem Fenster spähte. Seine großen Augen, die zum Grundstück mit den hohen Bäumen hinüberschauten. Agent J, bereit zu einem weiteren Abenteuer.

In diesem Moment hätte ich am liebsten die Zeit angehalten und einfach nur weiter Julians Gesicht betrachtet.

Ich konnte mir nicht vorstellen, das Grundstück zu betreten, ohne dort auf meinen Onkel zu stoßen.

4

Da standen wir zu dritt, am Fuß der kleinen Anhöhe, auf der sich die Villa meines Onkels befand (ich nannte sie Julian gegenüber weiterhin »Villa Mystica«, um noch etwas in unserem gemeinsamen Abenteuer mit Agent C zu bleiben). Vor uns breitete sich ein hügeliges Mosaik aus Weinbergen, Wäldchen und vereinzelten Flecken Ackerland aus, dazwischen immer mal wieder ein Dorf mit Kirche.

Valerie hob die Hand an die Stirn, um ihre Augen vor der blendenden Sonne zu schützen. Wie sie so dastand in ihrem enganliegenden schwarzen Sommerkleid mit den bunten Blumen, die Füße mit den rotlackierten Zehennägeln in filigranen hautfarbenen Sandalen, wirkte sie ein bisschen wie eine Japanerin. Das Haar trug sie zu einem strengen Pferdeschwanz zusammengebunden, eine Strähne jedoch hatte sich gelöst und bewegte sich nun in der leichten Brise.

Sie sah wunderschön aus im rötlichen Abendlicht. Sie betrachtete die Landschaft, und ich betrachtete sie, wie sie die Landschaft betrachtete. »Was für ein traumhafter Blick«, sagte sie.

»Ja«, bestätigte ich lächelnd und sah sie weiterhin an, was sie schließlich bemerkte, und dann lächelte auch sie, wie nur sie lächeln konnte. Sie schüttelte den Kopf, strich sich mit ihrem schmalen Zeigefinger die Strähne aus dem Gesicht und sagte: »Du …«

Ihr Gesicht wurde plötzlich ernst. »Auch wenn es nicht leicht für dich ist«, begann sie, brach aber gleich wieder ab, nahm einen neuen Anlauf und meinte: »Ich wünschte mir, die Umstände wären schöner, aber ich freue mich trotzdem auf diese Tage mit dir.«

Ich wusste nicht so recht, was ich darauf antworten sollte, und checkte reflexartig mein Handy. Ich sah gleich, dass sich zu viele Nachrichten angesammelt hatten, um mich augenblicklich darum kümmern zu können. Im Übrigen hatte ich ohnehin keinen Empfang hier draußen. Ich steckte das Handy weg.

Valerie hatte sich wieder der Aussicht zugewandt. Vor uns stand die Sonne nun tief am Horizont wie eine leuchtende Orange. Es musste schon ziemlich spät sein, trotzdem war es noch subtropisch warm.

Ich stellte mich dichter neben meine Frau und war versucht, meinen Arm um sie zu legen, aber ich war dermaßen verschwitzt, dass ich zögerte, und so blieb eine Lücke zwischen uns, die auch Valerie nicht schloss.

»Mama, ich hab Hunger …«

»Ja, komm«, sagte ich. »Lasst uns reingehen.«

Valerie sah zum schmiedeeisernen Tor hinüber. »Kommen wir überhaupt hinein?«

Ich folgte ihrem Blick. »Wenn er die Schlösser nicht ausgewechselt hat …«

Wir gingen über die rötlich-braune, staubige Erde auf das Tor zu. Ich hatte den Schlüsselbund bereits aus der Tasche gezogen. Aber das Tor war gar nicht abgeschlossen. Es quietschte in den Angeln, als ich es aufdrückte.

»Papa, guck mal!«, rief Julian aufgeregt. »Ein Trampolin!«

Das war erst später hinzugekommen. Mein Onkel hatte es für die Nachbarskinder gekauft. Ich hatte mich oft mit einem Buch daraufgelegt oder einfach bloß in den blauen Himmel geschaut …

Ich rannte hinter Julian her, der schon dabei war, auf das Trampolin zu klettern. Ich prüfte, ob das alte blauschwarze Ding noch sicher war. Es wippte nach wie vor einwandfrei, nur die Federn waren ein wenig verrostet.

»Papa, guck!«, rief Julian immer wieder. »Guck!«

»Ja, toll, Julian.« Ich lächelte ihm zu.

Eine Weile beobachtete ich selbstvergessen meinen hüpfenden Jungen. Dann sah ich umher.

Mich hatte jenes seltsame Gefühl erfasst, das ich von jedem einzelnen Besuch hier kannte, doch war ich inzwischen so lange nicht mehr da gewesen, dass ich es vergessen hatte. Sobald man das schmiedeeiserne Tor passiert hatte, war die Welt jenseits der hohen Steinmauer, die das Grundstück umgab, wie ausgeblendet. Was nicht lediglich daran lag, dass man hinter dieser Mauer und inmitten des dichten Pflanzenwuchses – bunte Blumen, Sträucher, Platanen, Apfelbäume, einige sehr hohe Tannen – nichts mehr von der Straße und der Außenwelt sah. Nein, auch sämtliche Geräusche, das Knirschen des Kieses, das Quietschen des Trampolins oder das Zwitschern der Vögel, schienen ausschließlich aus dem Garten zu kommen. Als wäre der Garten meines Onkels eine Welt für sich.

Valerie war auf dem Kiesweg zur Villa stehen geblieben und sah sich ebenfalls erstaunt um. »Wow«, sagte sie, als sähe sie das Grundstück zum ersten Mal. Ich lief ihr nach, und gemeinsam gingen wir auf das Haus zu.

Die Weinlandschaft, das Licht, der Duft von Blumen und Tannennadeln und Wald, dazu die ungewöhnliche Wärme – ich hatte das Gefühl, als würde ein altes Ich in mir geweckt. Als würde mein Gehirn, um mit Valeries *Science*-Artikel zu sprechen, in einen anderen Aktivitätsmodus übergehen, und ein früheres, jüngeres Selbst erwachte in mir, weil mein Gehirn wieder in jene Umgebung zurückversetzt worden war, in der es einst dieses Selbst hatte sein dürfen.

Ich betrachtete das Haus. Es wirkte heruntergekommen. Risse in den Wänden, überall blätterte der hellblaue Putz ab, und der gesamte untere Bereich des Herrenhauses war so stark von wildem Wein überwachsen, dass es den Eindruck erweckte, als sei die alte Villa ein weiterer lebender Organismus, der aus dem Garten emporwuchs.

Etwas in mir fragte sich, wo mein Onkel bloß blieb. Unter normalen Umständen wäre er mir oder uns längst entgegengeeilt, um diese Uhrzeit zweifellos mit einem Glas Wein oder Champagner in der Hand. Er hätte mich schon am Tor begrüßt und umarmt, wie eben ein Onkel seinen geliebten Neffen umarmt, der ihn viel zu selten besucht und auch schon bald wieder gehen muss. Seine kräftigen Arme hatten sich stets angefühlt, als würden sie mich für immer festhalten wollen. Und diese Arme und sein Blick und seine ungeteilte Zuwendung hatten mir immer das Gefühl gegeben, für ihn der wichtigste Mensch auf der Welt zu sein.

Wo war er? Warum kam er nicht? Hilflos stand ich da und schwitzte vor mich hin. »Scheiße«, murmelte ich. Ich senkte den Blick und fuhr mir durchs Haar. Eigentlich wollte ich gar nichts sagen, trotzdem hörte ich mich murmeln: »Scheiße, Valentin. Wo bist du?«

Da spürte ich, wie Valerie meine Hand ergriff.

5

Ich sehe mich mal um, wo wir am besten schlafen können«, sagte Valerie. Wir standen im Wohnzimmer, einem großen Raum, der in einem halbrunden Erker mit bodentiefen Fenstern endete. Vor uns der wuchtige, drei Meter lange Esstisch. Dort, am Kopfende, hatte mein Onkel immer gesessen und auf seiner alten elektrischen IBM-Schreibmaschine getippt, die laut klackerte, ein bisschen wie Valeries Stilettoabsätze auf Asphalt, neben sich meist eine Flasche Weißwein in einem Champagnerkühler. Über dem Esstisch hing ein kreisrunder, schmiedeeiserner Kronleuchter mit weißen, halb heruntergebrannten Kerzen darin.

Alles war wie sonst, und doch war alles ganz anders.

Am meisten fehlte mir die Stimme meines Onkels. Es fehlte der Piano-Jazz, der üblicherweise im Hintergrund spielte. Es fehlte, dass Valentin mit einem randvoll gefüllten Glas Wein auf mich zutrat, es mir ungefragt in die Hand drückte und sagte:

»Komm, setz dich doch, mein Lieber, gut siehst du aus.« Und mir dann etwas erzählte, von dem ich noch nie gehört hatte und das nie belanglos war, selbst wenn es noch so locker daherkam.

Er war einer der wenigen Menschen gewesen, in dessen Gegenwart ich nie das Gefühl hatte, meine Zeit zu verschwenden. Selbst wenn wir einfach nur dasaßen und nichts taten, außer uns etwas zu erzählen.

Valerie war mit Julian über die geschwungene Holztreppe nach oben verschwunden, während ich unten weiter in der gespenstisch stillen Villa umherging. Wenn man auf die Dielen trat, knarzte es, und es roch nach Kamin und Holz. Nach früher. Nach endlosen Semesterferien. Nach *sprezzatura* und Valentin-Freiheit.

Ich kehrte vom Wohnzimmer zurück ins Atrium, und von dort ging ich weiter durch die Eingangshalle hinüber in die Küche, die sich in der angrenzenden renovierten Scheune befand.

Im Gegensatz zum Rest des Hauses war die Küche sehr modern, schneeweiß, viel Edelstahl. Ich starrte auf das schwarz-weiße Schachbrettmuster der Steinfliesen unter meinen Füßen und ging dann zum Kühlschrank und sah hinein.

Offenbar war jemand vor uns da gewesen und hatte aufgeräumt. Bis auf ein paar Flaschen Wein war der Kühlschrank leer. Die angenehm kalte Luft kühlte mein Gesicht und meinen Oberkörper. Eine Flasche Rosé mit zwei Engeln auf dem Etikett sah besonders hübsch aus, und ich nahm die lachsrosa schimmernde Flasche heraus.

Mein Vater hatte immer mit der ihm eigenen Herablassung gesagt, ein Rosé sei »nichts Halbes und nichts Ganzes«, was ich leider, wie so ungefähr alles, was er sagte, unreflektiert übernommen hatte. Mein Onkel hatte zum Glück nie viel von diesen Weisheiten seines Bruders gehalten. Mit der kalten Flasche in der Hand suchte ich einen Korkenzieher und ein Glas.

*

»Papa!« Julian kam auf mich zugestürmt. »Papa, es ist ganz riesig oben! Können wir hierbleiben? Ich würde gerne einen Monat hierbleiben. Nein, acht! Acht Monate, Papa!« Beim Wort »acht« spreizte er die Finger seiner kleinen Hände.

Ich ging in die Hocke, sah in das verschwitzte Gesicht meines Jungen, auf die blonden Strähnen, die ihm an der Stirn klebten. »Weißt du, früher war ich auch immer gern hier.«

»Warst du oft hier?«

»Früher? O ja … ziemlich oft.«

»Acht Monate?«

»Nein, so lange nicht, aber es gab eine Zeit, da war ich nirgendwo lieber als hier. Ich saß mit meinem Onkel in seiner Bibliothek oder bis spät in die Nacht draußen im Garten. Bis über uns die weit entfernten Sterne zu funkeln begannen.«

»Echt? Gibt es hier eine Bibliothek im Haus?«

»Hm. Komm, wir gucken mal, wo Mama steckt.« Ich nahm mein Glas, und wir gingen über die Eingangshalle zum Atrium und hinüber zur großen, geschwungenen Holztreppe.

Als wir hochgehen wollten, kam uns Valerie bereits von oben entgegen, und ich beobachtete sie, wie sie Stufe für Stufe herabstieg.

Vielleicht lag es an der ungewohnten Umgebung, jedenfalls war mir, als sähe ich meine Frau wieder wie damals bei unserer ersten Begegnung in den Laborräumen der Firma und dann später draußen auf der Straße im Regen. Damals hatte sie auf mich den Eindruck gemacht, als wäre sie geradewegs von einer aufregenden Weltreise zurückgekehrt, noch ganz aufgeladen von neuen Erlebnissen. Sie war das Gegenteil von jemandem, der sich vom Leben und von den Enttäuschungen des Lebens hatte abstumpfen und verbittern lassen.

Ich sah auf ihr Gesicht, das dunkelblonde Haar, die weit auseinanderliegenden Augen, die Julian von ihr geerbt hatte. Ihr Kinn war sehr ausgeprägt, was ihr Gesicht jedoch kein bisschen weniger feminin, sondern im Gegenteil noch anziehender wirken ließ. Und was mich immer wieder aufs Neue faszinierte, war die zurückhaltende, beinahe aristokratische Art, mit der sie sich bewegte und sprach – Valerie musste nie groß die Stimme erheben, um gehört und beachtet zu werden, und ich war beileibe nicht der Einzige, der sich in ihrer Gegenwart stets ein bisschen wie ein ungehobelter Tölpel vorkam.

»Oben ist alles so verwinkelt, ich hätte eben fast die Orientierung verloren«, sagte sie, als sie vor uns stand. Sie nahm mir das Weinglas aus der Hand und nippte daran. »Mhm …« Und dann küsste sie mich überraschend mit ihren kühlen Rosé-Lippen auf die Wange.

»Papa, können wir uns jetzt die Bibliothek ansehen?«, fragte Julian.

»Wollen wir nicht erst mal zu Abend essen?«, fragte Valerie.

»O ja, ich könnte auch wirklich etwas vertragen«, stimmte ich ihr zu.

»Bibliothek, Bibliothek!«, rief Julian.

»Julian, das können wir doch nachher noch machen. Komm, wir essen erst mal was«, sagte ich und streckte ihm meine freie Hand hin. Nach kurzem Zögern nahm er sie, und Hand in Hand gingen wir hinüber in die Küche, wo wir den kiloschweren Sauerteigbrotlaib auspackten, das Einzige, was wir unterwegs auf die Schnelle hatten besorgen können. Im Vorratsraum neben der Küche fand sich ein Glas Marmelade, womit der Abend, was Julian betraf, gerettet war.

»Papa, warum war dein Onkel eigentlich so reich?«, fragte er, während ich ein paar Teller und Besteck zusammensuchte.

»Tja, gute Frage. Mein Onkel hat sein Geld mit Geschichten verdient.«

»Mit Geschichten? Dafür kriegt man doch kein Geld!« Julian prüfte mit einem Seitenblick auf seine Mutter, ob ich wieder nur Spaß machte.

»Die meisten Menschen nicht, nein«, sagte ich und warf Valerie meinerseits einen Blick zu.

Sie wusste, dass es auch mein Traum gewesen war, mein Geld einmal mit Geschichten zu verdienen. Dass ich es versucht und nicht geschafft hatte. Dass ich die Firma meines Vaters eher zähneknirschend übernommen hatte.

Dass man sich überhaupt so viele Gedanken darüber machte, womit man sein Geld verdiente, war für sie nicht so leicht verständlich. Sosehr sie ihre Arbeit mochte und so gut sie darin war, ihre berufliche Tätigkeit hatte bei ihr schlicht nicht denselben Stellenwert wie bei mir.

Etwas später saßen wir am Esstisch im Wohnzimmer und aßen unsere Marmeladenbrote, und Julians Laune hätte nicht besser sein können. Ein Medley aus Summen und Schmatzen ertönte, ein unverkennbares Zeichen höchster Seligkeit. Bis Valerie vom Tisch aufstand und sagte: »So, allerhöchste Schlafenszeit.«

Julians Marmeladenstimmung verflog abrupt. »Was? Jetzt schon? Was ist mit meinem Film? Ich hab doch noch gar keinen Film geguckt …«

»Morgen wieder, es ist schon ganz spät. Komm, hopp, Bettchenzeit.«

Stöhnen, Seufzen, gefolgt von einem Nörgelkonzert, wie nur Julian es veranstalten konnte. Es klang wie das Quietschen eines Luftballons, aus dem man ganz langsam die Luft entweichen lässt. Könnte man Luft foltern, dies wären ihre Schmerzenslaute.

»Kommst du auch gleich?«, fragte mich Valerie, während sich Agent J nun demonstrativ leidend die Treppe hinaufquälte, als würde sich sein Körper mit jeder Stufe ein Stück weiter von seiner Seele entfernen, die es sich im Wohnzimmer gemütlich gemacht hatte und sich eine Folge ihrer Lieblingsserie ansah.

»Ich muss noch ein bisschen was tun«, sagte ich vage.

Woraufhin Valerie mit einem äußerst knappen »okay, dann schlaf gut« hinter Julian her nach oben verschwand.

Ich stand im Atrium und sah den beiden nach.

In der Küche räumte ich die Spülmaschine ein und genehmigte mir noch ein Glas Rosé. Anschließend loggte ich mich in Valentins WLAN ein und fing an, meine Nachrichten zu checken.

6

Nachdem ich ein Dutzend Nachrichten und E-Mails beantwortet hatte, wanderte ich ziellos in der Villa umher, mal hierhin, mal dorthin, das Handy in der einen, das Weinglas in der anderen Hand. Von der Küche ging ich nach nebenan in den Vorratsraum, der bis auf ein paar auf dem Boden stehende Champagnerflaschen nahezu vollständig leergeräumt war.

Vom Vorratsraum gelangte man wiederum direkt in die Garage. Als ich die Tür öffnete, schlug mir sofort der penetrante Geruch von Motoröl entgegen. Ich knipste das Licht an, und laut knatternd flackerten die Neonröhren auf.

Vor mir stand Valentins schwarzer Porsche.

Die Fahrertür gab ihr vertrautes, helles Klacken von sich, und ich setzte mich einen Moment auf den schwarzen, stark verkratzten Ledersitz.

Seufzend stieg ich aus, warf die Wagentür zu und kehrte ins Herrenhaus zurück.

Hinten links im Wohnzimmer gab es eine französische Flügeltür, die zum Türmchen mit Valentins kleiner Bibliothek führte. Ich musste kurz nach dem Lichtschalter suchen, und als ich ihn gefunden hatte, fiel mein Blick als Allerserstes auf den antiken Ohrensessel mit grünem Samtbezug. Es war der Lieblingssessel meines Vaters gewesen, mein Onkel hatte ihn geerbt. Auf dem Boden daneben türmten sich Bücherstapel, von denen manche bis zur Armlehne des Sessels hochreichten, und ich fragte mich, welches Buch mein Onkel wohl zuletzt gelesen hatte, obwohl er meist mehrere parallel las.

Ich sah umher, auf die Bücher ringsum. Dann machte ich ein paar Schritte und stellte mich vor jenes Buchregal, auf dem Valentin sein eigenes Werk versammelt hatte, an die dreißig Bände.

Ich zog einen der *Christopher*-Bände heraus und schlug ihn aufs Geratewohl auf. Steckte meine Nase hinein, sog mit geschlossenen Augen den Duft ein. Ein eher staubiges Bouquet, aber gut.

Als ich weiterblätterte, stieß ich plötzlich auf ein vergilbtes Foto: Überrascht erkannte ich Bruno, Valentins geliebten Irish-Terrier-Mischling mit dem kurzen cognacfarbenen Fell, dazu diese typische stolz-freche Terrierschnauze.

Ach, Bruno … Ich hatte nie mehr an ihn gedacht, auch nicht, als ich zur Tür hereingekommen war.

Mit dem Foto in der Hand setzte ich mich in den Ohrensessel, in dem einst mein Vater mit so manchem Buch seines Bruders gesessen und gelesen hatte.

Ich blickte auf das Bild von Bruno und merkte, wie ich bei dem Gedanken an ihn lächeln musste.

Dabei hatten wir nicht gerade einen guten Start gehabt, Bruno und ich … Ich weiß noch, wie ich einmal stundenlang mit ihm in den Weinfeldern unterwegs war. Ich musste noch Student gewesen sein, Anfang zwanzig, und Bruno sprang immer weit voraus und hörte überhaupt nicht auf mich. Ständig war ich ihm hinterhergerannt, um ihn an die Leine zu nehmen, doch wich er mir immer wieder aus, und er war natürlich viel schneller als ich. Es war zum Verzweifeln!

Als wir wieder zurück im Garten waren und er immer noch nicht auf mich hörte, packte mich plötzlich ein solcher Zorn, dass ich mich auf ihn stürzte, ihn am Nackenfell griff und zu Boden drückte. Es war erbärmlich von mir, klar. Ich hatte damals keine Ahnung, wie man mit Hunden umgeht, und als mein Onkel mich sah, wie ich da auf dem armen, hilflosen Hund hockte, kam er auf uns zu und sagte:

»Komm, ich übernehme ihn mal.«

Obwohl Bruno auch ihm nicht gehorchte,

schien das meinen Onkel überhaupt nicht zu stören. Er nahm Bruno einfach mit und verschwand mit ihm ins Haus.

Etwas später kamen sie zurück, Bruno mit einem Knochen im Maul. Nach einer Weile – Bruno hatte sich ein schattiges Plätzchen unter einer Platane gesucht und knabberte selig an seinem Knochen – sagte mein Onkel: »Weißt du, aus dem wird nie ein Polizei-Schäferhund.« Dann erzählte er, wie er Bruno in einem Hundeheim entdeckt hatte, wo er in einem tristen, verrosteten Käfig hockte, mit einem Blick, als hätte man ihm die Seele gebrochen. »Natürlich könnten wir versuchen, ihm sein Wesen auszutreiben wie seine früheren Besitzer, und ein bisschen was würden wir sicher auch erreichen. Nur, was hätten wir davon? Am Ende bliebe etwas Entstelltes übrig, von uns zurechtgestutzt und zurechtgeprügelt. Viel von uns, wenig von ihm. Wollen wir das? Bedeutet Liebe nicht gerade, jemanden so anzunehmen, wie er vom Kern seines Wesens her ist?«

Ich saß im Gras und schämte mich für mein Verhalten. Trotzdem meinte ich, dass man ihn doch irgendwie erziehen müsse.

Woraufhin mein Onkel mit einer kleinen Geschichte antwortete.

Kürzlich hätte er für eine Lesung eine längere

Zugfahrt gemacht, und neben ihm hätte ein kleiner Junge mit seinen Eltern gesessen. »Die Fahrt ging über Stunden. Der Junge gab in der ganzen Zeit kaum einen Mucks von sich. Als wir ankamen, hielt ihm seine Mutter ein paar Gummibärchen hin. Die hätte er sich redlich verdient, weil er doch die ganze Fahrt über so ›brav‹ gewesen wäre. Da habe ich mich gefragt, was es eigentlich heißt, wenn ein Kind ›brav‹ ist. Heißt das, dass es uns nicht stört? Heißt ›brav‹ sein vor allem, dass wir unsere Ruhe haben können? Aber warum hat die Natur Kinder dann überhaupt erst so lebhaft und wenig ›brav‹ gemacht? Warum kommen wir dann nicht alle gleich als Erwachsene zur Welt, brav und vernünftig?«

Ich dachte über Valentins Worte nach. Und bald wurden wir dann doch noch Freunde, Bruno und ich. Schließlich übernachtete er sogar bei mir im Zimmer. Manchmal nahm er vor dem Einschlafen meine Hand sanft in sein feuchtes Maul und war binnen Sekunden weggedöst, meine Finger zwischen den Zähnen …

Obwohl Bruno mit den Jahren etwas ruhiger wurde – ein fügsamer Hund wurde er nie, und ironischerweise liebte ich gerade diesen frechen Zug an ihm, den er jedem gegenüber an den Tag legte. Ich wusste einfach: Bruno würde sich nie unterbuttern lassen, niemals, von niemandem. Er würde klarkommen, was immer das Leben ihm auch zumutete, und ich liebte ihn, als der, der er war, für seine Stärke, seinen Eigensinn, für sein – wie mein Onkel immer sagte – »großes Herz«.

Als Bruno starb, war ich auf irgendeiner Wissenschaftskonferenz, weit weg, am anderen Ende der Welt.

*

Im Wohnzimmer holte ich meinen Laptop hervor, stellte ihn auf den langen Esstisch und versuchte, noch etwas zu arbeiten, kam aber nicht so richtig voran. Lustlos beantwortete ich weitere Mails, klappte jedoch bald den Laptop wieder zu und streifte erneut in der Villa umher.

Kein Laut war zu hören, außer dem Ticken einer Wanduhr und von weiter weg, kaum vernehmbar, dem Surren des Kühlschranks.

Unentschlossen ging ich zur Haustür, öffnete sie und setzte mich auf die oberste Treppenstufe, die immer noch warm war. Von da aus starrte ich in den dunklen Garten hinaus, in Gedanken wieder bei Bruno, als mir plötzlich eine merkwürdige Geschichte in den Sinn kam.

Sie handelte von einem Wolf, der ein Herrchen

hatte, weil dieser ihn aus unerfindlichen Gründen für einen Hund hielt. Tag für Tag verbrachte der Wolf eingesperrt in einer engen Wohnung. Seine scharfen, nervösen Sinne registrierten jedes Ticken, jedes Knistern, und wenn irgendwo im Gebäude ein Nachbar in seinen vier Wänden hin und her ging, drehten sich seine Ohren unwillkürlich zur Geräuschquelle – ein vollkommen nutzloser Reflex.

Jeden Tag dieses Warten, bis sein Herrchen nach Hause kam. Manchmal jagte der Wolf vor lauter Langeweile eine Spinne. Dann wieder schlich er vor den bodentiefen Fenstern auf und ab, unter sich ein Häusermeer und endlose Autoschlangen. Das Treiben einer Großstadt, das ein Wolf nicht verstand. Oder er umkreiste den Esstisch, Runde um Runde, bis er blind für das Umrundete wurde.

Endlich vertraute Schritte im Flur, die Tür öffnete sich, zwei Hände, die ihn an die Leine nahmen. Frische Luft, ein Spaziergang durch laute Straßen, über öde Bürgersteige und harten Asphalt.

Zurück in der Wohnung gab es dann, ohne Jagd und ohne Anstrengung, stets mehr als genug Futter.

Dem Wolf fehlte es scheinbar an nichts, innerlich jedoch fühlte er sich wie ausgehöhlt. Und so drängte sich ihm mehr und mehr diese Frage auf: Sollte er bleiben, wo er aufgewachsen und beschützt war, sich aber ewig leer und fremd fühlen würde? Ließ er sich weiter in der allzu warmen Wohnung einsperren? Oder wagte er sich hinaus, irgendwohin in einen feucht-kühlen Wald, in die unbekannte freie Natur, die sein Lebensraum war, von dem er aber nicht wusste, ob er sich darin überhaupt zurechtfinden würde?

Ich stellte mir den Wolf vor wie Bruno, stolz und kräftig und irgendwie unkaputtbar …

Keine Ahnung, wie mein Kopf auf diesen Unsinn kam – statt dass ich die Ruhe nutzte, um zu arbeiten!

Ich stand auf und ging zurück ins Haus, die geschwungene Holztreppe hoch in den ersten Stock. Um Valerie und Julian nicht zu wecken, die sich links hinten in eins der Gästezimmer gelegt hatten, bezog ich das vordere Gästezimmer, in dem ich früher immer in den Semesterferien geschlafen hatte und wo »meine« alte Matratze an einen alten, bemalten Bauernschrank gelehnt stand. Als Nachttischlampe diente eine Art-déco-Schreibtischlampe, die ich liebte – groß, mit verchromtem Metallgestänge und einem geriffelten, matten Metallschirm. Früher hatte ich in ihrem Licht meine Seminararbeiten geschrieben, später dann auch die eine oder andere misslungene Kurzgeschichte oder den Entwurf für einen Roman.

Ich las noch ein wenig in dem *Christopher*-Band, den ich mir mitgenommen hatte, doch schon nach ein paar Seiten glitten meine Augen nur noch geistesabwesend über die Zeilen, und so knipste ich das Licht aus.

Zum Glück schlief ich bald ein.

Ich schlief ungewöhnlich tief und fest. Obwohl, ein- oder zweimal wachte ich kurz auf: Ich meinte, von irgendwoher Klaviermusik zu hören. Aber vielleicht hatte ich das auch bloß geträumt.

7

Alles war still, als ich nach dem Aufwachen nach unten ging. Die Sommersonne schien blendend hell durch die französischen Fenster ins Wohnzimmer und brach sich in Myriaden von Staubteilchen, so dass man den Eindruck hatte, die Lichtstrahlen geradezu greifen zu können.

Ich blickte auf den Esstisch, und etwas in mir wollte nicht wahrhaben, dass Valentin nicht wie üblich da am Kopfende saß und auf seine Schreibmaschine einhämmerte. Kein Tastenklacken, kein »Guten Morgen, mein Lieber, setz dich doch zu mir und hilf mir ein bisschen, ich könnte etwas Inspiration gebrauchen. Hab dir auch einen Kaffee gemacht …«

Von oben hörte ich Stimmen, und ich rief die Treppe hinauf: »Ich geh einkaufen! Irgendwelche besonderen Wünsche?«

Die Antwort war Fußgetrappel, dann Julian: »Warte, Papa, ich komm mit!«

»Nein, Junge, das geht doch viel schneller, wenn

ich das allein mache«, sagte ich und ging in die Küche auf der Suche nach dem Autoschlüssel.

Während ich in den Schubladen kramte, schlangen sich plötzlich die Arme meiner Frau von hinten um mich, und ich schloss die Augen und genoss ihren Duft, diesen herrlichen Valerie-Duft. Sie stellte sich auf die Zehenspitzen, küsste mich und sagte leise: »Lass ihn doch mitgehen, es macht ihm doch Spaß ...«

Als ich mich umdrehte und etwas antworten wollte, kam Julian auch schon in die Küche gerannt, und nachdem ich den Schlüssel endlich gefunden hatte, zogen wir zusammen los, Julian mit seinem kleinen grünen Dinosaurier-Rucksack (»für die Einkäufe«). Unser Junge sah schon ziemlich süß aus, und in dem Moment fragte ich mich, warum ich mich eigentlich dagegen gewehrt hatte, ihn mitzunehmen. Wer oder was hetzte mich eigentlich? Woher kam dieser Drang, jeden Moment bloß so schnell wie möglich hinter mich bringen zu müssen, nur, um zum nächsten Moment zu eilen, als würde dieser das große Glück für mich bereithalten? Was natürlich eine Illusion war, denn in diesem nächsten Augenblick würde ich ja wiederum nur – statt ihn auszukosten – den übernächsten herbeisehnen ...

Wirklich, manchmal war ich so genervt von mir selber!

*

Es war ein strahlender Sommermorgen, der Himmel über uns war von einem magischen Blau wie das Blau des Herrenhauses. Wir fuhren durch die hügelige Weinlandschaft. Hin und wieder waren Sprinkleranlagen im Einsatz, die die Reben großzügig bewässerten. Julian saß auf einer kleinen Kindersitzerhöhung neben mir, auf seinem Schoß sein Rucksack, auf dem Rucksack seine Hände.

»Papa?«

»Hm?«

»Liest du mir mal eine Geschichte von Onkel Valentin vor?«

»Klar.«

»Hat er auch Detektivgeschichten geschrieben?«

»Detektivgeschichten? Glaub ich nicht. Obwohl er eigentlich lauter unterschiedliche Sachen geschrieben hat. Aber nur eins seiner Buchprojekte war wirklich erfolgreich.«

»Was für eins?«

»Eine Serie, mit immer derselben Hauptfigur.«

»Dann kannst du mir doch die Serie vorlesen! Ich mag Serien …«

»Ich weiß, du bist ein Serienspezialist.«

Julian lächelte selbstzufrieden.

»Jedenfalls«, erzählte ich weiter, »die Hauptfigur von Onkel Valentins Serie heißt Christopher.«

»Christopher? Und was macht er, Papa?«

»Gute Frage. In erster Linie ist er vor allem weise.« Pause. »Weißt du, was ein Weiser ist?«

»Mhm.«

»Wirklich? Was denn?«

»Na, jemand, der sich gut auskennt.«

»Das stimmt. Ein Weiser ist jemand, der klug ist. Klug, was das Leben betrifft.«

»Ich bin auch ziemlich klug.«

Ich sah zu ihm hinüber und lächelte. Ja, das bist du, lieber Junge, das bist du.

Wo war bloß der Supermarkt, zu dem Valentin und ich immer gefahren waren? Dort, wo ich ihn vermutet hatte, war nun jedenfalls eine Autowerkstatt, und so fuhren wir weiter.

»Papa, wenn ich groß bin, dann schreibe ich auch Bücher, mit lauter Geschichten. Die male ich dann auch. Oder ich male sie, und du schreibst sie auf.«

»Ganz genau. So machen wir das.«

»Wirklich, Papa?«

»Klar.«

»Papa, warum schreibst du eigentlich keine Geschichten?«

»Ich?« Ich schwieg und dachte nach, während

ich weiter nach einem Supermarkt Ausschau hielt. »Weißt du, früher habe ich mal versucht, ein Buch zu schreiben, aber … Na ja, wie es halt so ist. Dann habe ich die Firma von deinem Opa übernommen. Vom Geschichtenschreiben kann man ja auch nicht leben.«

»Aber Onkel Valentin schon.«

»Ja, der war eine Ausnahme.«

»Aber du erfindest doch auch immer Geschichten für mich. Damit könnte man doch bestimmt viel Geld verdienen! Papa, stimmt's, wenn ich meine Geschichten schreibe und du deine, dann haben wir zusammen ganz viel Geld, oder?«

Ich lächelte.

Wir überholten einen Traktor, den Julian bestaunte.

Später: »Papa, weißt du, was? Ich finde, Geschichtenerfinden ist viel spannender als deine Arbeit. Die finde ich langweilig.«

»Langweilig? Wieso das denn?«

»Mamas Arbeit ist auch langweilig. Aber nicht so langweilig wie deine.«

»Hm.«

»Ja, weil in den *Science*-Heften sind auch immer Bilder von Tieren drin …«

»Und wieso ist meine Arbeit so langweilig?«

Julian sah konzentriert aus dem Fenster. »Weil

du dann nie Zeit für mich hast«, sagte er und zuckte mit den kleinen Schultern. »Weil du dann nie mit mir spielen kannst. Und du hast mir schon so lange keine Quatschgeschichte mehr vorm Einschlafen erzählt.« Und wieder zuckte er mit seinen Schultern.

Ich schwieg.

Irgendwann sagte ich: »Wenn du willst, können wir uns ja jetzt eine Geschichte ausdenken.«

»Jetzt gleich?«

»Warum nicht?«

Und von da an waren wir nicht mehr Vater und Sohn, die im Wagen nach einem Supermarkt suchten, sondern wurden zu Kapitän Einauge und seinem Kumpel Barbarossa, zwei gefürchteten Piraten, die Proviant klauen mussten für eine Schiffsreise zu einer sagenumwobenen Schatzinsel irgendwo im Südpazifik …

Wir fanden dann zwar keinen Supermarkt – stießen aber irgendwann unverhofft auf einen Hofladen mit herrlichen lokalen Delikatessen im Innenhof, die von Kürbissen, Johannisbeergelee über marinierte Auberginen bis hin zu frittierten Zucchiniblüten reichten.

Als wir mit der Besitzerin des Ladens ins Gespräch kamen, stellte sich heraus, dass auch mein Onkel hier ein und aus gegangen war, und wir bekamen eine Tüte Aprikosen geschenkt. Zum Abschied drückte mir die Besitzerin noch ein kleines Glas selbstgemachten Lavendelhonig in die Hand und sagte, mein Onkel hätte diesen Honig geliebt und sei manchmal nur deswegen vorbeigekommen, und ich bedankte mich mehrfach.

(Manchmal der Gedanke: Es gibt Menschen, die so herzensgut sind, dass es mich rührt. Oder täuschte ich mich da? Täuschte ich mich, wie die ältere Dame im Flugzeug sich womöglich in mir getäuscht hatte? Hatte am Ende vielleicht jeder noch so gut wirkende Mensch seine Abgründe?)

*

Den Rest des Tages verbrachte ich am Telefon, ließ mich von Michael auf den neuesten Stand bringen, überarbeitete noch einmal das Review (es war eine Art Überblick über die aktuellen pharmakologischen Strategien, den Alterungsprozess aufzuhalten) und schickte es ihm, woraufhin von ihm keine halbe Stunde später eine begeisterte Mail zurückkam, verbunden mit der Bitte um eine Telefonkonferenz mit unserem Labormanager Markus.

Erst als wir zu Ende konferiert hatten, biss ich endlich in den sauren Apfel und begann, Valentins Beerdigung zu organisieren.

Anschließend suchte ich noch ein paar Telefonnummern von örtlichen Maklern heraus, um eine Preiseinschätzung für die Villa einzuholen. Ich hielt es einfach für vernünftig, sie zu verkaufen. Nachdem dann allerdings keiner der Makler es für nötig zu halten schien, ans Telefon zu gehen, gab ich es für den Moment auf und zog mich eine Weile mit einem Kaffee in Valentins Arbeitszimmer zurück.

Dort setzte ich mich an seinen Schreibtisch und blätterte ein wenig in seinen Notizen. Biegsame, kleine rote Hefte, in die er ständig hineingekritzelt hatte. Ideen, Sätze, manchmal ganze Absätze oder Seiten, die ich so noch nie gelesen hatte und die mir doch vertraut vorkamen. Ich las an willkürlichen Stellen hinein, mit seiner Stimme im Ohr, und hatte mich bald festgelesen …

Es war wirklich fast, als wäre er bei mir.

*

»Nicolas, warum sind wir nicht öfter hierhergekommen?«, fragte Valerie, als wir abends zu zweit noch im Garten saßen. Sie war zu mir gekommen, hatte meinen Laptop zugeklappt, meinen halbherzigen Protest mit ihrer schmalen Hand weggewedelt. Gemeinsam hatten wir draußen einen kleinen

Metalltisch hinüber vor die alte Scheune getragen. Valerie hatte einen Lappen geholt, um die verdreckten Stühle abzuwischen, und ich eine Flasche Rosé in Valentins Champagnerkühler mit herausgebracht. Und dann saßen wir einfach da, in Valentins Garten, wo im Gebüsch die Grillen zirpten.

»Wie oft hat Julian deinen Onkel eigentlich gesehen?«

»Ich weiß nicht. Ein paar Mal. Oder?«

»Er erinnert sich kaum an ihn. Er erinnert sich auch nicht an diesen Ort.«

Ich nickte.

»Ihr hättet so einen Spaß gehabt mit euren Geschichten. Du und dein Onkel und Julian.«

Ich leerte mein Glas und schenkte mir nach. Valerie nippte nur, ihr Glas war noch fast voll. Sie sah nach oben in den Sternenhimmel, und ich sah im Licht der Sterne auf ihren Hals. Dann schüttelte sie langsam den Kopf und sagte leise: »Ich kann es immer noch nicht glauben …«

Das konnte ich auch nicht. Es war dunkel geworden, Fledermäuse kreisten über uns durch die warme Nachtluft. In der Küche brannte Licht, und ich fühlte mich auf seltsame Weise geborgen. Valentin konnte nicht tot sein. Nein, bestimmt würde er gleich aus der Tür treten, würde mit einer weiteren Flasche Wein und einer Käseplatte über den Kies auf uns zukommen, und ich könnte einfach aufstehen und ihm Flasche und Platte abnehmen und das nachholen, was ich die letzten Jahre versäumt hatte. Ich würde ihm in die Augen sehen und sagen können, wie sehr ich mich freute, nach so langer Zeit wieder hier zu sein. Ich könnte ihn umarmen und ihm sagen, dass ich von nun an öfter kommen würde, sooft es eben ging, mit meiner Frau und meinem kleinen Jungen, weil er weiterhin zu den wichtigsten Menschen in meinem Leben gehörte.

Einige Gläser Rosé später sagte ich zu Valerie: »Julian meinte heute, er fände meine Arbeit langweilig. Ich solle lieber Geschichten erfinden wie Valentin.«

Valerie lachte. »Das tust du doch eh andauernd. Wenn du nicht gerade gestresst bist.« Dann sagte sie: »Erzähl mir doch eine.«

»Was? Eine Geschichte? Jetzt?« Ich überlegte. Grübelte eine Weile vor mich hin. Da fiel mir etwas ein, was ich am Nachmittag in einem von Valentins Notizbüchern entdeckt hatte. Es war eine Plot-Idee für einen Roman, und so begann ich zu erzählen:

Die Geschichte – ich schmückte sie ein bisschen aus – handelte von einem ehrgeizigen jungen Mann, der Schriftsteller werden wollte. Nach dem

Abitur gab er sich selbst ein Jahr. Wenn es nicht hinhauen würde, könnte er danach immer noch studieren. Er wohnte billig, lebte billig und nahm ausschließlich Jobs an, die ihm genügend Zeit fürs Schreiben ließen. Sogar auf eine Freundin verzichtete er, um sich nicht von seiner Aufgabe ablenken zu lassen.

Und er lernte immer besser, immer eleganter zu formulieren. Das Problem war bloß: Er wusste nicht, worüber er überhaupt schreiben sollte. Zuerst irritiert, dann zunehmend verzweifelt stellte er fest, dass es ihm an »Stoff« fehlte, an prägenden Erlebnissen, die sich verwerten ließen. Er schrieb und schrieb, aber was er schrieb, hatte keine Tiefe. Er ging in sich: Gab es denn da nichts, was ihm unter den Nägeln brannte? Verbissen schrieb er weiter, scheiterte jedoch stets aufs Neue, und irgendwann war das Jahr, das er sich gegeben hatte, um.

Also gab er seinen Traum auf. Enttäuscht. Überzeugt, dass er für die Schriftstellerei zu wenig Talent hatte. Nach dem Studium ergriff er einen Brotberuf, gründete eine Familie, hatte Frau und Kind. Zuweilen dachte er noch an seine Schreibversuche und an seinen unverwirklichten Traum, und er stellte sich jenes andere Leben vor, das er hätte leben können, wäre er nur etwas talentierter gewesen …

Immer öfter blitzte nun der Gedanke in ihm auf, ob er nicht doch noch einen Versuch wagen sollte. Einen letzten noch. Aber wie? Die äußeren Umstände für ein unsicheres Schriftstellerdasein waren denkbar schlecht. Er blickte auf einen ständig übervollen Terminkalender, die vielen Verpflichtungen, ein zweites Kind war bereits unterwegs. Und wie es sein großes Vorbild einmal formuliert hatte: Geschichten lassen sich nicht braten!

Gelegentlich träumte er auch von einer großen Villa, und dann war ihm, als könne er gar nicht genug verdienen. Dann empfand er es als seine Aufgabe als Ehemann und Vater, als seine »männliche Pflicht«, der Familie »etwas zu bieten«. Es war lächerlich, zumal die Familie nichts dergleichen von ihm erwartete. Das Einzige, was sie erwartete, war, dass er etwas mehr anwesend wäre. Zum Spielen, für Momente der Zärtlichkeit, Momente, in denen man einfach als Familie zusammen ist.

Schließlich jedoch, ziemlich unerwartet, inmitten der Rushhour seines Lebens, mit Beruf und Familie und Finanzsorgen, entwickelte sich in ihm – er spürte es – dann doch so etwas wie ein »Stoff«. Zum ersten Mal in seinem Leben war da etwas Mitteilungswürdiges, etwas von Bedeutung, das es wert war, festgehalten zu werden. Valentin hatte an der Stelle in seinem Notizbuch Goethe zitiert: »Es bildet ein Talent sich in der Stille, sich ein Charakter in dem Strom der Welt.«

Und so setzte unser Held sich eines Nachts, als alle schliefen – mit einem mulmigen Gefühl, als täte er etwas Verbotenes – doch noch einmal hin. Setzte sich an seinen Laptop, und seine Finger fingen an zu tippen. Fortan verbrachte er jede Nacht mit dem Tippen von Sätzen, und bald stellte er fest, dass er sein Handwerk nicht verlernt hatte …

Woher rührte eigentlich dieser hartnäckige Drang zum Schreiben? Warum genügte ihm der Brotberuf nicht? Er gestand es sich selbst nicht gerne ein, doch schrieb er in erster Linie, weil er es seinem Vater beweisen wollte. Seinem Vater, der selbst gern Romancier geworden wäre, dem aber ebenfalls »das Leben« dazwischengekommen war.

Und natürlich hatte er seinem Vater als junger Mann seine Entwürfe gezeigt. Jedes Mal hatte er dabei die Enttäuschung des Vaters gespürt, nur schlecht kaschiert durch die eine oder andere Ermutigung.

Jetzt aber gelang es ihm tatsächlich. Die Worte strömten aus ihm heraus, und er schrieb unter Hochdruck seine Geschichte. Denn der Vater war inzwischen alt und vergesslich geworden, und die Vergesslichkeit schritt unerbittlich voran. Auf diese Weise schrieb sich der Held in Valentins Notizbuch die Finger wund, mit der tickenden Uhr im Nacken …

Nach monatelanger Nachtarbeit war es so weit, und er ging voller Stolz und Begeisterung zu seinem Vater. Nach all den Jahren, nachdem er die Sache schon aufgegeben hatte, nachdem er sich schon damit abgefunden hatte, dass es ihm – wie seinem Vater – nicht gegeben war, sich seinen Lebenstraum zu erfüllen, war ihm das Unwahrscheinliche doch noch gelungen. Ihm war, als würde ihm eine generationenschwere Last von den Schultern fallen.

Der Vater sah abwechselnd auf den Sohn, dann wieder auf den Papierstapel in seinen faltigen Händen, verwirrt, entgeistert. Die Leere in seinen Augen war unverkennbar: Der Mann, dessen Respekt und Liebe sich unser Held hatte herbeischreiben wollen, war nicht mehr da. Die Demenz hatte sein Ich zerfressen.

Zunächst war dies ein harter Schlag für den Sohn. Mit der Zeit jedoch änderte sich etwas, und schließlich fand er sogar seinen Frieden damit: Es war, als wäre der Vater ein Teil von ihm geworden, womit dieser auch das Glück, das er doch noch gefunden hatte, irgendwie fühlen und mit ihm teilen konnte.

Der Mann erlebte nun auch, wie sein eigener Sohn heranwuchs, und erfuhr, was es hieß, Vater zu sein. Und obwohl es für ihn selbstverständlich ein großes Glück gewesen wäre, miterleben zu dürfen, wie sich sein Sohn den eigenen Lebenstraum erfüllte, wurde ihm klar, dass es darauf nicht ankam. Nein, für ihn als Vater kam es darauf an, seinen Sohn mit jenem Rüstzeug auszustatten, das dieser brauchte, um eines Tages seinen eigenen Traum zu realisieren und zu jenem Menschen zu werden, der er vom Kern seines Wesens her war – mit oder ohne den Vater als stolzen Zeugen.

Ich sah vorsichtig zu Valerie hinüber. Ich hatte sehr lange gesprochen und blickte sie fragend an.

Überrascht stellte ich fest, dass sie lächelte. Irgendwie schien sie ganz gerührt zu sein. »Nicolas, das ist ja eine echte Sommernachtsgeschichte«, sagte sie.

»Findest du?«

»Ja, finde ich.«

Ich sah in Valeries lächelndes Gesicht, und dann kam mir ein Satz aus einem alten Film namens *True Romance* in den Sinn, den wir einmal gemeinsam in einem kleinen Kino gesehen hatten – in unserem früheren Leben, kurz nachdem wir zusammengezogen waren und bevor Julian auf die Welt kam: »You're so cool, you're so cool …« Die Schauspielerin Patricia Arquette wiederholt den Satz in der ultimativ kitschigen Schlussszene des Films immer wieder, während sie am Pazifik entlang dem Sonnenuntergang

Mexikos und mit großer Hoffnung im Herzen einem neuen, besseren Leben entgegenfährt … You're so cool: Es war der perfekte Ausdruck meiner Verliebtheit gewesen, und ich hatte ihn eine Zeitlang immer und immer wieder zu Valerie gesagt.

Wann und warum nur hatte ich damit aufgehört?

Irgendwann fragte Valerie: »Hat dein Onkel nie ein Buch aus der Geschichte gemacht?«

Ich schüttelte den Kopf.

»Warum schreibst du die Geschichte nicht?«

Ich lachte.

»Du lachst. Wieso lachst du? Wer könnte es, wenn nicht du, Nicolas?«

»Ja, klar«, winkte ich ab.

»Es ist ja schon ein bisschen unheimlich«, sagte sie dann.

»Unheimlich? Wieso?«

»Weil dein Vater doch an Alzheimer gestorben ist, und so klingt es fast, als hätte Valentin es seinem großen Bruder beweisen wollen. Oder?«

»Nein, aber mein Großvater hatte auch Demenz.«

»Wirklich?«

»Hm, ebenfalls Alzheimer, wie man vermutet. Deshalb ist mein Vater überhaupt erst in diese Richtung gegangen mit der Firma.«

»Was? Und dein Großvater war dann auch der verhinderte Schriftsteller?«

Ich nickte.

»Damit hätte dein Großvater das Leben seiner beiden Söhne ja ganz schön geprägt.«

»Hm«, entgegnete ich nachdenklich. So hatte ich es noch gar nicht betrachtet, aber es stimmte natürlich: Mein Vater war seinetwegen in die Alzheimer-Forschung gegangen, mein Onkel war seinetwegen Schriftsteller geworden.

»Auch irgendwie unheimlich, oder?«

»Unheimlich? Was meinst du damit?«

»Einfach, wie viel Macht andere Menschen über uns haben. Wie sie unsere Gefühle bestimmen können. Wie sie unser ganzes Leben prägen und beeinflussen, was aus uns wird.«

Ich grübelte über ihre Worte nach.

Nach einer Weile nahm Valerie ihren leichten beigen Schal von der Stuhllehne und stand auf. »Tja, ich geh dann mal schlafen«, sagte sie unvermittelt und sah mich einen Moment fragend an, bevor sie sich abwandte.

In dem Augenblick war es, als hätte sie sämtliche Sterne über uns ausgeknipst. Die Magie der Sommernacht war dahin.

Vielleicht wollte ich diese Magie noch einen Moment festhalten, womöglich erhoffte ich mir auch, vom Gespräch ermutigt, vom Rosé beflügelt, mehr von dieser Nacht. Oder ich fürchtete schlicht die Rückkehr in jene Routine, die sich zwischen uns eingenistet hatte, jedenfalls rief ich ihr nach:

»Übrigens, coole Geschichte in *Science*.«

Da drehte sie sich noch einmal um.

»Der Artikel über die Träume, meine ich. Wirklich gut.«

»Ach, den hast du gesehen, ja?«, sagte sie leise und ging langsam und ohne ein weiteres Wort ins Haus.

Und ich hatte wieder mal keine Ahnung, was ich falsch gemacht hatte.

Später ging ich dann auch hinein, legte mich auf meine Matratze im vorderen Gästezimmer, wo ich noch länger lag und vor mich hin brütete. Lauter wirres Zeugs ging mir durch den Kopf, bis ich endlich einschlief.

Mitten in der Nacht weckte mich jedoch erneut ein Geräusch – ein fernes, unregelmäßiges Klappern, das mich zunehmend nervte.

8

Es hatte zu regnen begonnen, stürmte sogar, Tropfen prasselten aufs Dach wie tausend nervös trommelnde Finger. Ab und zu ein kräftiger Luftzug, der an den Außenwänden entlang und um die Hausecken pfiff. Immer wieder heulte der Wind plötzlich laut auf, dann war es, als würde er durch die undichten Fensterrahmen dringen und sich einen Weg durch den dunklen Raum bahnen, in dem ich lag, weiter durch die Türritzen in den Flur, wo er durch die offenen Fenster wieder nach draußen verschwand oder sich in der Villa verlor.

Aus der Ferne kam ein Donnergrollen. Dann abermals dieses nervige Klappern. Missmutig stand ich auf und ging auf den Flur hinaus, wo ich vor dem Schlafengehen die Fenster aufgerissen hatte, um wenigstens ein bisschen für Abkühlung zu sorgen. Mondlicht fiel herein und spiegelte sich in den Regenpfützen auf den Dielen. Heftige Windstöße bauschten die langen weißen Vorhänge – im bläulichen Licht der Nacht wirkten sie wie tanzende Gespenster.

Als ich das letzte Fenster geschlossen hatte, hörte ich plötzlich Klänge. War das ein Klavier? Ich horchte und erkannte tatsächlich die Melodie, die ich schon in der Nacht zuvor gehört hatte. Es war also doch kein Traum gewesen!

Woher kamen diese Töne? Sie schienen von weit her zu kommen, gedämpft, und ein sanftes Echo schwang mit ihnen. Was für eine schöne Melodie, dachte ich, so zerbrechlich, fast ätherisch. Manchmal riss sie ab, wie von einem Windstoß verweht, doch gleich darauf hörte ich sie erneut.

Wer spielte um diese Zeit Musik?

Ich öffnete ein Fenster und lauschte nach draußen, jetzt aber hörte ich bloß noch das Rauschen des Regens. Als ich das Fenster schloss, war die Musik sonderbarerweise wieder da, wie ein Tinnitus, nur angenehm.

Ich tappte ein paar Schritte durch den düsteren Flur, woraufhin die Musik etwas lauter wurde. Ich ging weiter, bog nach rechts und schritt durch den Durchgang, der das Herrenhaus mit dem hinteren Scheunenanbau verband. Hier gab es keine Fenster, und es war stockdunkel. Wie ein Blinder tastete ich mich vorsichtig vorwärts, der immer lauter werdenden Melodie folgend. Tastete mich an der Wand entlang, bis die Melodie allmählich leiser und noch leiser wurde, dann kehrte ich um, auf der Suche nach jener Stelle, an der ich sie am deutlichsten hörte.

Auf einmal erspürten meine Finger eine winzige Vertiefung in der Wand. Ich blieb stehen, um mich herum Schwarz, und drückte gegen die Wand. Ein Klicken, die Wand gab nach – und ich trat hindurch.

9

Eigentlich hätte mir sofort klar sein müssen, dass ich träumte. Bei dem Anblick jedoch, der sich mir offenbarte, kam mir das gar nicht in den Sinn.

Ich stand in einer Bibliothek, wenn auch definitiv nicht in jener, die sich unten im Türmchen des Herrenhauses befand, sondern in einer Art Geheimbibliothek, von deren Existenz ich bislang nichts gewusst hatte. Die Holzregale, das flackernde Kerzenlicht, die unzähligen alten Bücher – all das passte vom Flair her so gut zur Villa und zu meinem Onkel, dass ich es intuitiv für absolut real hielt. Der wuchtige schwarzglänzende Flügel mitten im Raum war vielleicht ein bisschen ungewöhnlich, aber ebenfalls nicht absurd.

Nein, das einzig wirklich Absurde war, dass am Flügel ein Mann saß, der mich freundlich und entspannt anlächelte, als hätte er mich erwartet. Er schien nicht im Geringsten überrascht, mich zu sehen. »Nicolas«, sagte er, wobei seine Hände weiterhin sanft über die Tasten glitten.

Man hätte denken können, dass ich erstaunt darüber gewesen wäre, dass der Mann am Flügel meinen Namen kannte, doch das war ich nicht. Das heißt, erstaunt war ich schon, aber dann war ich es auch wieder nicht: Mir war, als befände ich mich in einem verrückten Spiel, und ich war bereit, darin mitzuspielen, als wäre es das Normalste der Welt.

»Sie kennen meinen Namen?«

»Angenehm, Christopher«, sagte der Mann, ohne auf meine Frage einzugehen.

Ich mochte ihn auf Anhieb. Ich mochte die selbstsichere Ruhe, die er ausstrahlte. Sein rundliches Gesicht mit dem rötlichen, am Kinn graugesprenkelten Bart, das bereits etwas schüttere Haar, sein wohlgenährter Leib (er war nicht unbedingt dick, schien mir aber doch eindeutig ein Genussmensch zu sein) – dies alles war mir sofort sympathisch.

Er nahm eine dunkle Flasche vom Flügel und hielt sie in meine Richtung. Champagner, allem Anschein nach. »Auch eine Schale?«

Eine Schale? »Äh, ja …«, stotterte ich und musste mich räuspern. »Ja, warum nicht?«

»Genau. Genießen wir den Moment. Wer weiß, was morgen sein wird.« Christopher schenkte mir ein. Tatsächlich in eine Art Schale, schwarz mit einem breiten Goldrand. Wie er die Schale und Flasche hielt, wie sicher er sich bewegte, die Einschenkbewegung gleichsam fließend, wie eine durch und durch verinnerlichte Choreographie. Das alles erinnerte mich an meinen Onkel. Er war ganz in Schwarz gekleidet, schwarze Hose, schwarzes, oben großzügig aufgeknöpftes Hemd, so dass es nicht steif, sondern geradezu lässig wirkte. Er stellte die Flasche in einen Champagnerkühler, der auf dem Flügel stand, reichte mir die schwarz-goldene Schale, und wir stießen an. Als wären wir gute alte Freunde. »Auf deinen Onkel. Auf Valentin.«

»Ja …«, erwiderte ich zögerlich. »Auf Valentin.«

Es passiert ja nicht alle Tage, dass du einem Fremden begegnest, der merkwürdigerweise überhaupt nicht fremd auf dich wirkt. Unbekannt vielleicht, aber nicht fremd. Einen Menschen, den du noch nie gesehen hast, und doch scheint es dir, als würdest du ihn schon lange kennen. Einen Menschen, in dessen Gegenwart du dich sofort wohl fühlst. Ich glaube, ich hatte dieses Gefühl bisher nur bei Valerie (und natürlich bei Valentin) gehabt.

»Darf ich mich setzen?«, fragte ich und deutete auf einen Hocker, der neben dem Flügel stand.

»Natürlich, natürlich«, sagte Christopher freundlich, und wir setzten uns.

Eine Weile war es still, bis Christopher ein leises »Tja« von sich gab, wie zu sich selbst. »Tja, es ist trügerisch, nicht?« Er nahm einen Schluck aus seiner Schale. »Wir haben dieses Gefühl, dass alles immer so weitergeht. Dass es gar kein Ende gibt. Bis es plötzlich ganz anders kommt und die Realität uns jäh wachrüttelt. Ein geliebter Mensch stirbt, und man erkennt, wie dünn jene Schicht namens Leben ist, auf der wir uns alle bewegen.«

Er war offenbar keiner, der sich lange mit leeren Worten aufhielt. Jedenfalls schien er gleich zur Sache kommen zu wollen, was mir ebenfalls gefiel.

Ich hätte ihn zu gern gefragt, wo ich hier gelandet war. Wer war er? War er etwa *der* Christopher? Onkel Valentins Christopher?

»Hm«, murmelte ich stattdessen verdattert und nahm einen Schluck Champagner. »Da haben Sie wohl recht.«

Ich hatte nie einen Gedanken daran verschwendet, dass Valentin eines Tages sterben würde. Klar war ich mir dessen bewusst gewesen, und doch hatte irgendetwas in mir es schlicht nicht für möglich gehalten. Als hätte mein Herz nicht zu fühlen gewagt, was mein Verstand hätte wissen müssen. »Ich schätze, es ist immer noch nicht ganz zu mir durchgedrungen. Als wäre es nicht wahr.«

»Das wird es erst nach und nach, und dann kommt der Schmerz.« Christopher kniff die Augen leicht zusammen. »Wie ein Stein, den man übers Wasser hüpfen lässt. Vier, fünf Mal berührt er die Wasseroberfläche, jedes Mal denkst du, er müsste doch jetzt untergehen, und dann schafft er es doch noch ein weiteres Mal, bis ihm die Kraft ausgeht und er versinkt.«

Ich sah Christopher schweigend an.

»Aber mit dem Schmerz öffnet sich zugleich ein Fenster, wenn auch lediglich für einen flüchtigen Moment. Es bietet sich ein Blick auf das Leben, wie es wirklich ist.«

Christophers Selbstsicherheit, die keine Spur von Arroganz erkennen ließ, faszinierte mich. Er kam mir vor wie ein Mann, der schon mehrere Leben hinter sich hatte.

»Das Leben, wie es wirklich ist?«, fragte ich.

»Leider nutzen die meisten Menschen diesen besonderen Blick nicht. Sie sehen gar nicht hin. Ein paar Wochen gehen ins Land, schon sind sie zurück in ihrem gewohnten Tunnel. Verbannen ihr eigenes, unausweichliches Ende erneut aus ihrem Bewusstsein. Werden blind und funktionstüchtig, kleben wie zuvor an ihrem Handy, starren den lieben langen Tag auf ihre Bildschirme, als wäre nichts geschehen. Das ›System‹ hat sie wieder …« Christopher musterte seine Champagnerschale mit einer Andacht, als könnten darin noch jede Menge weiterer Weisheiten hochperlen.

»Ich fürchte, ich verstehe nicht ganz, was Sie meinen.«

Er sah leicht verwundert zu mir herüber. »Ich meine, wenn wir unsere Endlichkeit fühlen, wenn wir sie so richtig *spüren*, dann befinden wir uns doch in einem Ausnahmezustand, der uns näher an die Realität bringt, oder etwa nicht? Einen Moment lang erkennen wir das Leben, wie es ist. Wir bekommen einen Sinn für das Wesentliche. Aber bevor wir's uns versehen, schleicht wie gehabt der Alltag an uns heran, lullt uns ein mit seinen Banalitäten, und wir kehren zu diesem halbbewussten Zustand zurück, den wir Normalität nennen. Der Tod verschwindet aus unserem Blickfeld, und wir schieben all das, was im Leben wirklich zählt, wieder auf die lange Bank. Unter Umständen schieben wir so unser ganzes Leben auf die lange Bank. Verstehst du jetzt, was ich meine?«

»Ja, ich denke schon, ja …«

»Das Bewusstsein des Todes ist das perfekte Heilmittel für diese ewige Aufschieberitis. Soweit ich weiß, lässt sich ja auch der Tod nicht aufschieben. In der Hinsicht war er ebenfalls anders, dein Onkel, meinst du nicht auch? Er war keiner dieser Menschen, die am Ende ihres Lebens verzweifelt um noch etwas Aufschub betteln müssen, weil sie nicht zum Leben gekommen sind. Nein, wenigstens konnte er sagen: Es ist gut, ihr Lieben, ich habe meine Sache hier auf Erden getan!« Christopher sah quer durch den Raum. Es war, als würde er irgendwo zwischen den Büchern nach einem Gedanken suchen. Als er ihn offenbar gefunden hatte, blickte er mich eindringlich an: »Wie viele von uns können das am Ende ihres Lebens behaupten? Sollte nicht *jeder* das behaupten können?« Pause. »Ich meine, könntest du es von dir behaupten, Nicolas?«

Könnte ich das? Ich atmete einmal tief aus. »Ich weiß es noch nicht«, sagte ich, über meine Antwort selbst enttäuscht.

Christopher schwieg. Er schien Momente der Stille gut aushalten zu können. Oder begrüßte sie vielleicht sogar. Er nippte dann an seiner Champagnerschale und sah mich grübelnd an oder ließ den Blick wieder durch die Bibliothek schweifen. Er wirkte vollkommen zufrieden mit sich und dem Augenblick.

Ich setzte noch einmal an: »Ich glaube, es gibt wenige Menschen, die ein so selbstbestimmtes Leben führen, wie mein Onkel es getan hat. Wenn ihm etwas nicht gefiel, dann tat er es nicht. Was soll ich sagen? Nicht jeder kann sich so einen Lebensstil leisten. Ich könnte ihn mir nicht leisten. Ich meine, ich habe Mitarbeiter, die von mir abhängig sind. Eine Familie, die ich ernähren muss. Valentins Leben war anders. Er war kompromisslos. Irgendwie hatte er eine Begabung dafür, keine Zeit zu verschwenden.«

»Er hatte diesen Trick, weißt du?«

»Welchen Trick?«

»Einmal pro Woche unternahm er einen Spaziergang zum Friedhof. Um sich seiner Endlichkeit bewusst zu werden. Um die Kostbarkeit des Lebens, jeden Augenblick des Lebens wieder zu spüren.«

»Das wusste ich nicht. Hat er das wirklich getan?«

Christopher nickte.

Ich nahm noch einen Schluck Champagner und merkte, wie ich mich mehr und mehr zu entspannen begann. Ja, es war regelrecht angenehm, hier zu sitzen und mich mit Christopher über meinen Onkel zu unterhalten. Es war, als wäre er ein bisschen bei uns, bei mir …

»Vielleicht gelang es ihm deshalb so gut, sich auf das Wesentliche zu fokussieren«, sagte Christopher. »Ich frage mich, ob er deswegen auch weniger Angst vor dem Alter und dem Tod hatte als die meisten von uns. Warum wollen wir alle unbedingt jung bleiben? Wozu? Wieso wehren wir uns mit Händen und Füßen und allerlei vermeintlichen

Zaubermittelchen gegen einen so universellen, natürlichen und noch dazu unvermeidlichen Vorgang wie das Altern?«

»Vielleicht, weil alt und gebrechlich werden nicht gerade Spaß macht.«

»Vielleicht.«

Ich sah Christopher fragend an. »Es überzeugt dich nicht.«

»Nein, doch. Da ist sicher etwas dran. Ich will gar nicht widersprechen, so gern ich das sonst tue.«

»Aber?«

»Ich frage mich bloß, ob das schon alles ist. Meinst du nicht, dass mehr dahintersteckt?« Nachdenklich drückte Christopher einen Zeigefinger an die Lippen, dann fuhr er fort: »Wer hat wohl mehr Angst vor dem Tod: ein Mensch, der ein erfülltes, glückliches Leben führt – oder einer, der unzufrieden ist, weil er vor lauter Geschäftigkeit nicht zu dem Leben gekommen ist, das er eigentlich hatte leben wollen? Schon Seneca hat sich einst mit dieser elementaren Frage auseinandergesetzt …«

Mir war nicht ganz klar, worauf Christopher hinauswollte, und irgendwann sagte ich: »Man könnte natürlich argumentieren, dass ein glücklicher Mensch mehr zu verlieren hat. Somit hängt er auch mehr am Leben und hat größere Angst vor dem Tod, der ihm schließlich das ganze Glück nimmt. Für den Unglücklichen hingegen ist der Tod unter Umständen sogar eine Erlösung.«

»Das wäre eine Möglichkeit. Seneca sah allerdings noch eine andere.«

»Und zwar?«

»Nun, vielleicht kann ein Mensch mit einem erfüllten Leben leichter loslassen. So, wie man nach einem erfüllten Tag besser einschlafen kann, stimmt's? Man hat den Tag nicht verschwendet. Es bleibt nichts mehr zum Grübeln übrig, das einen vom Schlaf abhalten würde. Der Mensch, der sich seinen Lebenstraum erfüllt hat, kann mit einer gewissen Befriedigung feststellen, dass er zu dem gekommen ist, was ihm wirklich am Herzen lag. Er hat, wie dein Onkel, sein Leben gelebt. Er braucht es nicht künstlich in die Länge zu ziehen. Während umgekehrt der chronisch Unzufriedene auf ein ungelebtes Leben zurückblickt und immerzu darauf wartet, dass es endlich losgeht. Er wartet und wartet, aber da er sich auf das Falsche fokussiert, lebt er andauernd an sich selbst vorbei.« Christopher war jetzt so richtig in Fahrt gekommen. »Nun wird er alt, und ihm wird vor Augen geführt, wie wenig Zeit ihm noch bleibt, für jenes Leben, das er eigentlich von Anfang an hätte leben sollen, jenes Leben, das besser zu ihm gepasst hätte. Die Angst vor dem Tod muss unerträglich sein, weil er ihm ja endgültig die Chance nimmt, das Ruder noch herumzureißen.«

So hatte ich das noch nie gesehen. Aber es leuchtete mir ein.

»Womöglich rührt dieser ganze Jugendwahn, den wir derzeit erleben, ja daher? Weil so viele von uns nicht zu sich selbst finden, aus welchen Gründen auch immer? Weil alles und jeder unsere Aufmerksamkeit verlangt? Weil wir vor lauter Lärm um uns herum uns selbst nicht mehr hören? Weil wir zu sehr von uns selbst ab- und weggelenkt werden?«

»Rein körperlich ist es doch ganz angenehm, jung zu sein. Ich weiß nicht, ob ich da von ›Jugendwahn‹ sprechen würde.«

Christopher lachte. »Da hast du allerdings recht! Leider plagt mich schon so manches Zipperlein, auf das ich gut und gerne verzichten würde!« Dann wurde er wieder ernst. »Weißt du, in einem Gedicht habe ich einmal sinngemäß gelesen: Man könne zwar den Tod nicht besiegen, wohl aber das Totsein zu Lebzeiten. Vielleicht ist ja das eine mit dem anderen verknüpft? Wer nie zu dem kommt, was er sich vom Leben einst erhofft hatte, der darf um keinen Preis alt werden. Wer sich im Alltag ständig verzettelt und sich allzu sehr von Belanglosigkeiten vereinnahmen lässt, muss immer jung bleiben. Panisch krallt er sich ans Leben und verfehlt es dennoch. Wem es aber umgekehrt gelingt, zum Wesentlichen vorzudringen und sein innerstes Ich gewissermaßen ›auszuleben‹, der hat womöglich gar nicht mehr so sehr das Bedürfnis, Alter und Tod zu besiegen. Sollte darin ein Funke Wahrheit liegen, dann wäre ziemlich klar, worauf es ankäme, oder?«

»Worauf es ankäme?«, fragte ich ratlos.

»Erkenne, wer du vom Kern deines Wesens her bist, und dann werde es. Alles andere wird sich daraus ergeben. Wie eine Geschichte, die sich mehr oder weniger von selbst erzählt.« Mit diesen Worten ergriff Christopher seine Champagnerschale und leerte sie in einem Zug. Sein Ton war heiter, fast feierlich: »Tja, mein Freund, es ist spät geworden. Es hat mich aufrichtig gefreut, dich kennenzulernen.«

War es wirklich schon so spät? Ich war überrascht und auch ein wenig enttäuscht, dass Christopher sich schon verabschieden wollte. Aber bevor ich noch etwas erwidern konnte, sagte er bereits: »Ich wünsche dir eine gute Nacht, mein Lieber.« Und in diesem Moment waren er und die Bibliothek verschwunden.

10

Nicolas? Guten Morgen …« Ich hätte gar nicht sagen können, wann Valerie mich zuletzt geweckt hatte. Normalerweise war ich immer vor ihr auf. »Na, Langschläfer, kann es sein, dass gestern Abend jemand ein Glas Rosé zu viel hatte?«

Valerie stand lächelnd in einem gelbweiß gestreiften Sommerkleid mit tiefem V-Ausschnitt vor meiner Matratze. Ihr Haar war nass, ihr Körper duftete nach ihrem Parfum. Dann ging sie aus dem Zimmer.

Eine Weile danach – ich musste noch einmal weggedöst sein – stürmte Julian herein:

»Papa! Es ist schon ganz spät!«

»Was? Wirklich?«, murmelte ich schlaftrunken, mit maximal einer Hirnhälfte.

Julian, Jeans, blaues Dino-T-Shirt, war auf meine Matratze gehüpft und begann nun, darauf herumzuspringen. »Ja, du hast den ganzen Morgen geschlafen. Mama und ich haben schon Pfannkuchen gemacht, und ich habe sie alle aufgegessen. Mit ganz viel Apfelmus. Mama hat gesagt, ich darf so viel Apfelmus essen, wie ich will.«

»Julian, bitte«, stöhnte ich. »Das ist doch kein Trampolin hier.«

Julian hüpfte von der Matratze herunter und rannte aus dem Zimmer.

Ich versuchte aufzustehen, aber mein Körper fühlte sich so schwer und träge an, dass ich doch noch einen Moment liegen blieb. Hatte ich wirklich so viel getrunken? Oder warum fühlte ich mich so gerädert?

Dann, mit einem Mal, tauchten die Bilder der Nacht in mir auf, Bilder von der Bibliothek und dem flackernden Kerzenlicht, von dem schwarzglänzenden Flügel und den Champagnerschalen, und mir war, als könnte ich Christophers Stimme hören …

Benommen wankte ich hinaus auf den Flur, wo Julian mit seinem Rucksack herumtobte. »Papa, du musst dich anziehen, wir machen einen Ausflug!« Und er flitzte die Treppe hinunter.

»Ich komm ja schon«, murmelte ich ihm hinterher.

Ich tappte den Flur entlang, und immer noch nicht ganz wach ging ich durch den Durchgang hinüber in den Scheunenanbau, wo ich die Wände inspizierte, auf der Suche nach jener Stelle, an der ich in die verborgene Bibliothek eingetreten sein musste.

Da war nichts!

Ich öffnete sogar eine Tür, von der ich genau wusste, dass sich dahinter nichts weiter als eine Rumpelkammer verbarg.

Ich kam mir reichlich bescheuert vor. Ich schüttelte den Kopf. Ich stand da in T-Shirt und Boxershorts und hätte über mich selbst lachen können, wäre es nicht so peinlich gewesen.

*

Unten in der Küche brühte ich mir einen starken Kaffee. Julian wartete schon ungeduldig darauf, mir meine »Vitamine« zu verabreichen. Ich nahm morgens immer einen kleinen Cocktail diverser Substanzen zu mir, die sich hoffentlich günstig auf den Alterungsprozess auswirkten (im Grunde genommen waren es die Substanzen, die wir bei unserem Methusalem-Projekt zu einer einzigen Pille zusammengefügt hatten). Mit seinen kleinen Fingern pulte Julian die sieben weißen Tabletten aus ihren Blistern. »Genau sieben, Papa.«

Ich ging in die Knie, öffnete den Mund, und Julian warf die Pillen hinein, ein bisschen, wie ein

Basketballspieler seinen Ball in den Korb wirft, es machte ihm sichtlich Spaß. »Julian«, nuschelte ich mit pillengefülltem Mund, »nicht so wild.«

Er kicherte und rannte nach getaner Arbeit in den Garten.

Ich rieb mir mit Daumen und Zeigefinger über die Stirn.

»Hast du Kopfschmerzen?« Valerie war in die Küche gekommen und fing an, Obst in kleine Stücke zu schneiden, die sie in eine Plastikbox füllte.

»Ich … ich hatte einen merkwürdigen Traum.« Und ja, ich hatte tatsächlich Kopfschmerzen.

»Hm, vermutlich vom Wein beflügelt«, lächelte Valerie. »Was hast du denn Wildes geträumt?«

Ich zögerte. »Ja, wenn ich das so genau wüsste …«

Ich traute mich nicht, ihr von Christopher und der Bibliothek zu erzählen. Vielleicht weil mir alles so unheimlich real vorgekommen war.

*

Wir fuhren durch die Weindörfer der Umgebung. Auf Julians wiederholte Bitten hin hatten wir Valentins Porsche genommen, inzwischen ein Oldtimer. Der alte Wagen lief noch überraschend rund. Mit seinem Ölgestank (Valerie rümpfte die Nase) kam er mir allerdings vor wie ein Relikt aus einer anderen Zeit.

Dennoch, irgendwann, als wir so dahinfuhren, merkte ich, wie ich grinste, und manchmal sah ich mich selbst, wie ich damals mit meinem Onkel diese erste Fahrt zur Villa gemacht hatte. Wie ich wegen dieser Katharina gelitten hatte, an die ich mich heute kaum noch erinnerte. Und einmal mehr war mir mein Onkel so nah. Seltsamerweise fühlte es sich für mich immer noch so an, als gäbe es ihn irgendwo, als wäre er bei mir, als müsste ich bloß zurück zum Grundstück fahren, und da wäre er dann …

Wir fuhren von Weindorf zu Weindorf.

Am Ende hatten wir ein halbes Dutzend Dörfer abgeklappert. Valerie und Julian machten sich einen Spaß daraus, in jedem Dorf ein riesiges Eis zu essen. Das Obst in der Box hingegen musste zu keinem Zeitpunkt befürchten, von Julian auch nur angerührt zu werden, und so pickte halt ich irgendwann ein paar Stückchen heraus.

»Sag mal, Julian, wird dir nicht langsam schlecht von dem ganzen Eis?«, fragte ich irritiert, während ich an einem Apfelschnitz kaute.

Er sah mich an, als hätte ich die dämlichste Frage der Welt gestellt. »Nö, davon wird mir gut!«, sagte er und grinste mit schokoladenverschmiertem Mund. Und schleckte summend weiter.

Später schlenderten wir durch die Gassen eines weiteren hübschen Weindorfs und landeten in einem kleinen Antiquariat, in dem sich die Bücher vom Boden bis zur Decke stapelten.

Julian blätterte in einem Bilderbuch und fragte plötzlich, ob es hier auch Bücher von Onkel Valentin gäbe. Der Antiquar sah für uns im Computer nach:

Weynbach, Valentin – kein Buch da. Ließe sich aber bestellen.

»Wir wollen ein Buch mit Christopher!«, rief Julian begeistert.

»Nein, die haben wir doch alle zu Hause, Julian«, sagte ich und sah den Antiquar entschuldigend an.

Wir zogen schließlich mit einem alten Märchenbuch ab, das Julian ausgesucht hatte, weil auf dem Umschlag eine schlossartige Zaubervilla abgebildet war, die es ihm angetan hatte. »Ein bisschen wie die Villa Mystica, aber nicht ganz«, sagte er. »Die Villa Mystica gefällt mir noch besser.«

Valerie hatte sich in ein Geschäft für Kinderbekleidung verabschiedet. Ich ließ Julian bei ihr und stahl mich davon, um auf meinem Handy wenigstens ein paar Mails zu beantworten. Anschließend telefonierte ich nochmals mit dem Bestattungsunternehmen und mit dem Notar, der Valentins Nachlass regelte.

*

Auf dem Rückweg, alle erschöpft vom Nichtstun, war Julian hinten im Wagen eingeschlafen.

»Valerie?«

»Hm?«

Ich stockte. Nach einer Weile fragte ich: »Was ist für dich das Wichtigste im Leben?«

»Für mich?« Sie musste keinen Augenblick überlegen. »Familie«, sagte sie.

»Familie.«

»Ja, Familie. Das Glück mit den Menschen, die ich liebe.« Pause. »Und für dich?«

Ich überlegte.

»Wie kommst du überhaupt auf die Frage?«

»Ach, nur so«, antwortete ich ausweichend. »Wegen Valentin und so.«

»Hm.«

»Ich meine, wenn man später im Leben zurückblickt und sich fragt, womit man gerne mehr Zeit verbracht hätte – was wäre das dann?«

»Mehr Zeit wie diese, Nicolas. Mehr gemeinsame Zeit.« Wieder schien sie keine Minute nachdenken zu müssen. »Mehr Zeit wie heute.«

Ich sah zu ihr hinüber. Wir hatten das Targa-Dach heruntergenommen, und der warme Fahrtwind wehte durch ihr dunkelblondes Haar.

»Gut, aber, wenn ich zum Beispiel in der Firma bin, dann ist das ja in gewisser Weise auch Zeit für die Familie.«

»Wie bitte?« Valerie strich sich eine Strähne aus dem Gesicht.

»Man kann doch das Leben nur genießen, wenn man finanziell abgesichert ist«, sagte ich.

»Ach, Nicolas, du betonst das immer so, aber glaubst du das wirklich?«

»Was?«

»Als würdest du nur für uns den ganzen Tag in der Firma verbringen. Als würden wir von dir erwarten, dass du sechzig Stunden die Woche arbeitest. Glaubst du das tatsächlich? Ich verdiene doch auch mein Geld. Es muss irgendein komisches Männerding sein, ich verstehe es jedenfalls nicht …«

Sie war offenbar irritiert.

»Ich weiß ja auch, dass du es gut meinst. Trotzdem frage ich mich manchmal, woher diese fixe Idee kommt.«

»Fixe Idee, was soll das heißen?«

»Uns versorgen zu müssen. Keiner verlangt das von dir, Nicolas. Im Gegenteil, ich denke oft, wir hätten alle drei mehr davon, wenn du einfach nur etwas mehr Zeit für uns hättest und nicht immer diesen Stress und Ärger mit der Firma. Du verpasst so viel, und du merkst es gar nicht.«

Ich erschrak, nicht über das, was sie sagte, sondern weil ihre Stimme plötzlich eigenartig brüchig klang. Es versetzte mir einen Stich, als ich zu ihr hinüberblickte und Tränen in ihren Augen schimmern sah.

»Valerie …«, sagte ich leise und sah immer wieder zu ihr hinüber. Hilflos legte ich meine Hand auf ihre schmale Schulter. »Es tut mir leid. Ich will dich nicht traurig machen. Das ist das Letzte, was ich will.«

»Das weiß ich doch«, flüsterte sie.

Eine Weile war es still im Auto, abgesehen vom Röhren des Boxermotors.

Etwas später sagte Valerie: »Übrigens wollte ich neulich nicht so unfreundlich sein, als du mich auf meinen Artikel angesprochen hast. Aber … weißt du, es geht bei dir immer nur um die Firma. Um Michael und die Methusalem-Studie, immer nur um das. Darum, dass du arbeiten musst, um die Firma zu sichern. Damit wir ›versorgt‹ sind. Als hätte ich gar keine Arbeit. Es ist, als würdest du meine Arbeit gar nicht wahrnehmen! Nein, deine Arbeit, immer bloß deine Arbeit, das ist alles, was zählt …« Sie wischte sich entschlossen die Tränen aus dem Gesicht.

Nach einer längeren Pause fragte sie schniefend: »Und? Was ist denn nun für dich das Wichtigste im Leben?«

Dass ich darauf nicht sofort eine Antwort wusste, war für sie Antwort genug, und so schwiegen wir für den Rest der Fahrt.

*

An diesem Abend war ich für meine Verhältnisse ungewöhnlich früh bettreif. Zunächst hatte ich mich wieder alleine auf meine Matratze gelegt, war dann aber doch noch einmal aufgestanden und hatte mich leise in Valeries und Julians Zimmer geschlichen.

Zu meiner Überraschung waren die beiden noch wach. Ich legte mich zu ihnen, und dann erzählten wir zu dritt eine Geschichte, das heißt, ich sollte eine Quatschgeschichte erzählen.

Julian hatte eine Hand in Valeries, die andere in meine Hand gelegt, und er spielte mit meinen Fingern, während ich erzählte.

»Papa«, fragte er, als ich fertig war. »Liest du mir morgen aus dem Märchenbuch vor?« Ich versprach es, wenn er jetzt die Augen schließen und schlafen würde.

Ich lag dann doch noch länger wach. Im Kopf ging ich das Gespräch mit Valerie nochmals durch, wobei es mich natürlich frustrierte, dass sie unzufrieden mit mir war. Am meisten aber frustrierte mich, dass sie wahrscheinlich sogar recht hatte …

Warum war ich so, wie ich war?

Wie war ich bloß so geworden?

11

»Junge, pass auf, wie wär's, wenn wir ein bisschen Rechnen üben«, schlug ich vor.

Keine Antwort.

Also versuchte ich es mit einer Geschichte über einen Priester Maximus, der im Mittelalter lebte und der Ritter Julian den Schwertkampf, das Reiten sowie das Rechnen beibringen würde.

»Priester Maximus?«

»Ganz genau.«

»Und der lebt in einer Burg?«

»Einer riesigen.«

»Und wie kommen wir dahin, Papa?«

»Wir steigen in unsere Zeitmaschine.«

»Wirklich?«

»Klar«, sagte ich.

Auf diese Weise verwandelte sich die Villa kurzerhand in eine mittelalterliche Burg, in deren Innenhof wir uns aus Stöcken zwei Holzschwerter bastelten, und dann verbrachten wir den Vormittag zunächst mit Schwertkampf.

Dieser Teil der Ausbildung kam bei Julian gut an.

Der Reiten-Teil auch, vor allem, als ich das Pferd spielte. Julian feuerte mich an, jagte sein Ross durch die Burg, die geschwungene Treppe hinauf und durch den Flur, hinüber in den alten Scheunenanbau, vorbei an schnarchenden Drachen und Schlossgeistern. Dann von dort die geheime Wendeltreppe hinab zur Vorratskammer, im Galopp weiter zur Küche und über die Eingangshalle hinaus in den Zauberwald – bis das Pferd außer Atem war und eine Trinkpause brauchte …

»Papa, das ist doch kein Wasser, das ist Wein!«, protestierte Julian kurz darauf. Wir standen in der Küche.

»Na und, den gab's doch auch im Mittelalter.«

»Wirklich?«

»Wirklich.«

Erst als wir zum Rechnen-Teil kamen, war für Julian die Luft aus dem Spiel: »Papa … Darf ich einen Film gucken?«

»Einen Film? Im Mittelalter?«

»Nein, ich meine jetzt wirklich, Papa.«

»Junge, schau mal, Rechnen ist schon auch wichtig, weißt du? Das wirst du später mal gut brauchen können. Also, pass auf, Ritter Julian, wir machen ein, zwei kleine Übungen, dann darfst du deinen Film gucken, okay?«

»Papa, ich bin nicht Ritter Julian!«

»Was? Wer bist du denn dann?«

»Julian, einfach nur Julian. Und du bist mein Vater, nicht Priester Maximus, Papa …«

Er ließ sich zwar nur widerwillig überzeugen, sich mit mir an den Esstisch zu setzen, mit dem lockenden Film im Kopf aber klappte es, und so machten wir noch ein paar Rechenübungen. Bis Valerie vorbeikam und mir ins Ohr flüsterte: »Nicolas, jetzt lass doch mal gut sein. Genieß doch einfach mal das bisschen Zeit, das du mit ihm hast …«

*

Später am Tag – ich hatte in der Zwischenzeit einen mehrstündigen Termin mit dem Bestattungsunternehmen hinter mich gebracht – ging ich mit Julian zu Valerie in den Garten. Sie lag mit ihrem Laptop auf einer Decke im Gras. Julian stellte ihr einen Latte Macchiato hin, den wir zusammen gemacht hatten und über den sie sich sichtlich freute. Mit dem neu erworbenen Märchenbuch setzte ich mich im Schneidersitz neben sie, legte das Buch in meinen Schoß, und Julian kuschelte sich zu seiner Mutter auf der Decke. Ich las vor.

Vom wunschlos unglücklichen Manne

Es war einmal ein Mann, der besuchte einen Jahrmarkt. Dort entdeckte er ein dunkles Zelt. Davor stand ein Holzschild mit folgender Aufschrift:

ZELT DER WÜNSCHE

TRETEN SIE EIN

Von außen konnte man nicht sehen, was sich im Innern des Zeltes verbarg, das lediglich einen Spaltbreit offenstand. Ganz geheuer war es dem Manne nicht, aber von Neugierde getrieben, trat er hinein.

»Ah, ein Kunde. Willkommen«, hörte er eine Stimme sagen, die wie das Kratzen einer Gabel auf Glas klang. Als sich seine Augen an das Dunkel im Zelt gewöhnt hatten, erkannte der Mann eine Gestalt. Deren Gesicht war fast vollständig unter einer großen schwarzen Kapuze verborgen. »Was führt Sie zu mir, gnädiger Herr? Womit kann ich dienen?«

»Worin besteht denn Ihr Geschäft?«

»Mein Geschäft liegt in der Erfüllung von Wünschen.«

»Wie darf ich das verstehen?«

»Haben Sie etwa keine Wünsche, gnädiger Herr? Sind Sie wunschlos glücklich?«

Der Mann überlegte kurz. »O doch, sicher, ich habe durchaus Wünsche ...«

»Ob mir der werte Herr wohl einen davon verraten würde?«

Wieder dachte der Mann einen Augenblick nach. »Wenn ich's mir überlege, etwas mehr Geld wäre mir recht.«

»Geld? Das dürfte kein Problem sein. Ich kann Sie so reich machen wie den König von Frankreich. Dafür verlange ich auch nicht mehr als, sagen wir, Ihr Lächeln.«

Der Mann meinte, sich verhört zu haben. »Mein Lächeln?«

»Nun, ich bin Händler. Ich biete Ihnen unermesslichen Reichtum zum geringen Preis Ihres Lächelns.«

»Mein Lächeln ...«

»Ganz richtig, der Herr. So hat jeder seine Wünsche. Sie sehnen sich nach Reichtum, ich sehne mich nach der Fähigkeit zu lächeln. Es ist das, was mir fehlt.«

Merkwürdig, dachte der Mann. Aber gut – warum nicht? Im Tausch gegen unermesslichen Reichtum würde er wohl auf sein Lächeln verzichten können. Einen Augenblick

zögerte der Mann noch, dann sagte er beherzt: »Also gut!«
Und so geschah's, und der Mann verließ das Zelt und den Jahrmarkt und kehrte – nunmehr ohne Lächeln auf dem Gesicht – nach Hause zurück.
Nicht ohne Staunen stellte er fest, dass sich sein bescheidenes Heim in eine prachtvolle Villa verwandelt hatte. Und darin gab es Dutzende von Truhen voller Goldstücke, und der Keller war mit erlesenem Wein gefüllt. Und der Mann erfreute sich seines Reichtums, auch wenn ihm dieser freilich kein Lächeln mehr auf die Lippen zu zaubern vermochte.
So wunderte sich denn auch so manch neidischer Besucher, beeindruckt von dem unverhofften Geldsegen, und man fragte ihn: »Ja, freust du dich denn gar nicht ob deines Reichtums und des köstlichen Weins?« Und der Mann antwortete: »Gewiss doch.« Hielt jedoch sogleich inne, denn das geheimnisvolle Zelt mit der geheimnisvollen Gestalt, die ihm jeden Wunsch erfüllen konnte, sollte sein wohlgehütetes Geheimnis bleiben: Was wäre sein Gold noch wert, wäre es für jedermann zu haben, billig wie Staub und Stein?

Ein Jahr verging, der Mann gewöhnte sich an seinen Reichtum und spürte allmählich eine neue Unzufriedenheit in sich aufkeimen. Und so trieb es ihn, als der Jahrmarkt wieder in die Stadt kam, ein zweites Mal in das Zelt des wunderlichen Händlers.

»Ah, willkommen, gnädiger Herr. Was führt Sie diesmal zu mir? Gehe ich recht in der Annahme, dass es sich um einen neuen Wunsch handelt?«

»Nun ja«, erwiderte der Mann. »Eine Prachtvilla mit Goldschätzen und Wein habe ich bereits. Doch fehlt mir die Gesellschaft, mit der ich dieses Glück teilen könnte. Mir fehlt eine Frau an meiner Seite. Wahrlich, eine Gemahlin würde mein Glück vollenden!«

»Aber sicher doch, der Herr, kein Problem. Für Ihren Augenglanz erhalten Sie die schönste Gemahlin, die die Welt je erblickt hat.«

»Für meinen Augenglanz?« Konnte das etwa ernst gemeint sein?

Der Händler jedoch meinte es freilich todernst: »Ich sehe es oft in den Augen der Menschen, allen voran der Kinder. In den besten Augenblicken fangen sie an zu funkeln und zu glänzen, und das ist es, was mir fehlt.«

Also gut, dachte der Mann, wohlan! Und diesmal wurde der Pakt mit Handschlag besiegelt. Der Mann zuckte zurück, als die hagere Hand des Händlers die seine ergriff, denn jene war von einer Eiseskälte, wie er sie noch nicht gespürt hatte.

Als der Mann diesmal nach Hause zurückkehrte, öffnete ihm wie durch ein Wunder eine bildschöne Frau die Tür. Und er lebte mit ihr und betete sie an. Allerdings war ihm dabei, als würde seine Gemahlin ihn nicht ganz so vergöttern wie er umgekehrt sie. Lag es daran, dass er nicht so gutaussehend war wie sie? Sobald sie ihm in die Augen blickte, wandte sie sich gleich wieder von ihm ab wie von einem hässlichen Ungeheuer.

Ein Jahr musste er die Ungewissheit darüber ertragen, bis erneut Jahrmarkt in der Stadt war. Diesmal äußerte der Mann seinen Wunsch sofort:

»Machen Sie mich schön! Bitte, sagen Sie mir, was soll es kosten?«

»Ich gebe dir Schönheit für deine Fähigkeit zuzuhören.«

»Wie bitte?«

»Sei unbesorgt. Deine Ohren werden weiterhin jeden Ton vernehmen können – nur das

Zuhören wird dir fortan verwehrt bleiben. Das nämlich ist eine Fähigkeit, die mir fehlt.«

»Meinetwegen, meinetwegen!«

Und abermals kehrte der Mann nach Hause zurück, ein großer, kräftiger, ein umwerfend gutaussehender Mann, der alle Blicke auf sich zog. Bis er mit den Menschen ins Gespräch kam und diese sich erschrocken von ihm abwandten, da ihr Gegenüber niemals lächelte. Und wenn sie in seine stumpfen Augen blickten, dann spiegelten diese nie auch nur einen Funken Begeisterung, dabei war es doch das, wonach sich die Menschen sehnten. Außerdem konnte dieser merkwürdige Mann noch nicht einmal zuhören!

Und so hatte er alles, der wohlbetuchte Mann, und ringsum bewunderte man ihn für seine prächtige Villa und seine bildschöne Frau. Aber Bewunderung und Zuneigung sind zweierlei. Und so hatte der Mann alles, und doch fehlte ihm das Entscheidende. Dies ist das Ende der Geschichte vom wunschlos unglücklichen Manne.

»Was? Das war's?«, fragte Valerie ungläubig.

»Hä?«, sagte Julian.

Da saßen wir nun und konnten nicht fassen,

dass das »Märchen« so trostlos endete. Zu allem Überfluss hatte der Autor am Schluss noch eine Ermahnung an den Leser hinzugefügt: »Sei immer vorsichtig mit deinen Wünschen, denn sie könnten in Erfüllung gehen.«

Ich saß immer noch im Schneidersitz im Gras, das Märchenbuch aufgeklappt auf den Knien, Valerie lag auf der Decke, Julian hüpfte umher. Wir begannen, uns unser eigenes Alternativende für das Märchen auszudenken.

»Ich weiß es!«, rief Julian plötzlich. »Er kann doch einfach noch mal ins Zelt gehen und sich alles zurückwünschen? Dann ist alles wieder wie früher. Ganz einfach.«

Ich war mir nicht sicher, ob der Händler sich darauf einlassen würde.

»Warum nicht? Ist doch ganz einfach …«

Und während wir, Julian und ich, darüber diskutierten, ob dies überhaupt den stillschweigenden Spielregeln des Märchens entsprechen würde, unterbrach uns Valerie: »Der Mann stürmt mit einem Dolch ins Zelt, und in seiner Wut rammt er der Teufelsgestalt mit der schwarzen Kapuze den Dolch in die Brust. Der Clou dabei ist: Als der Teufel stirbt, sackt auch der Mann leblos zusammen. Der Teufel, der ihm all diese Wünsche um den Preis seiner Seele erfüllte, steckt in dem Mann selbst.«

»Nicht schlecht, Valerie«, sagte ich. »Es gefällt mir, wie du im Handumdrehen ein echt süßes Kindermärchen daraus gemacht hast.«

Valerie schmunzelte.

»Gar nicht süß«, murmelte Julian ernst und dass der Mann nicht sterben dürfe und überhaupt: Sein Ende sei viel besser.

Ich sah Valerie an. Mag sein, es war nicht gerade ein Happy End, aber ich fand es trotzdem ziemlich stark.

12

Wenige Nächte später. Ich hatte die Begegnung mit Christopher inzwischen als schönen Traum abgetan – da hörte ich plötzlich wieder die sanfte Klaviermelodie in der Ferne. Oder täuschte ich mich? Nein, ich täuschte mich nicht, ich hörte sie definitiv.

Aufgeregt stieg ich aus dem Bett und folgte der Melodie den Flur entlang, bis zu jener Tür, die es gab und nicht gab.

»Nicolas, ich hatte dich schon erwartet«, empfing mich Christopher, und erneut spürte ich die angenehme Vertrautheit inmitten der alten Bücher und in Christophers Gegenwart. Wie beim ersten Mal saß er, ganz in Schwarz gekleidet, an seinem Flügel, auf dem diesmal zwei bereits gefüllte Champagnerschalen standen.

Ich setzte mich auf den Hocker und beobachtete Christophers Hände beim Spielen. »Freut mich sehr, dich wiederzusehen«, sagte ich. »Ehrlich gesagt, hatte ich nicht damit gerechnet.«

»Manchmal kann es nicht schaden, die Gedanken ein bisschen atmen zu lassen, stimmt's? Wie bei einem guten Wein.«

Ich stutzte einen Moment, denn fast klang es, als wäre nicht ich zu ihm in die Bibliothek, sondern als wären er und die Bibliothek zu mir gekommen. Ob er überhaupt wusste, wie oft ich über unser Gespräch nachgedacht hatte?

»Und? Schon einen Spaziergang zum Friedhof unternommen?«, fragte er.

»Nein«, gab ich zu. »Ich habe das Gefühl, dass ich gerade auch so schon genug über den Tod nachdenke.«

»Tatsächlich?«

»Ich fürchte, ja.«

»Was gibt es da zu fürchten? Hatten wir letztes Mal nicht festgestellt, dass man sich umso lebendiger fühlt, je bewusster man sich seiner eigenen Endlichkeit ist?«

»Tja, ich weiß nicht. Irgendwie finde ich den Gedanken an den Tod nicht so aufbauend. Eher deprimierend.«

»Mein Lieber, was soll daran deprimierend sein? Was wäre ein Augenblick wert, würde das Leben ewig währen? Entspringt die Kostbarkeit des Lebens nicht unmittelbar aus seiner Endlichkeit?«

Ich überlegte. »Ich finde es merkwürdig, weißt

du? Ich habe damit ja ziemlich oft zu tun, wenn ich über den Ansatz unserer Firma nachdenke oder mit Menschen über unsere Projekte spreche. Wenn ich den Leuten berichte, woran wir arbeiten. Ich merke dann, wie mir fast so etwas wie Verachtung entgegenschlägt, weil wir versuchen, den Alterungsprozess zu verzögern. Ich verstehe das nicht. Ich frage mich dann, was die Leute so toll am Tod finden. Ich empfinde den Tod als Beleidigung. Ich meine, ich will sehen, wie mein Sohn heranwächst. Du sagst, die Endlichkeit macht das Leben kostbar. Aber ich will das Altern aufhalten, gerade weil das Leben so kostbar ist.«

Christopher nahm eine nachdenkliche Haltung ein. Er nippte ein paarmal an seiner Schale. Er legte eine dieser Pausen ein, die er mochte, als würde er die Gedanken, die ihm durch den Kopf gingen, genau so genießen wie seinen Champagner. »Ich würde dir da sogar recht geben. Ich würde es lediglich für einen Fehler halten, das Altern gewissermaßen als Krankheit zu betrachten, die es zu heilen gilt. Sobald man das tut, weist man doch einen Teil, der zu unserem Leben gehört, kurzerhand zurück. Und warum tut man das? Warum fällt es uns so schwer loszulassen? Das ist doch die eigentliche Frage, oder? Und die Antwort verrät uns vielleicht etwas Wertvolles. Warum können wir nicht loslassen, sei es uns selbst, sei es unseren Nachwuchs? Ist es, weil wir das, was wir hätten tun sollen, noch nicht getan haben? So oder so sprechen wir von etwas Unausweichlichem, und da dies so ist, erscheint es mir klug, den Tod von Anfang an mit in den Lebensentwurf einzubinden. Statt ihn als Feind zu sehen und zu bekämpfen.«

Wir hatten noch gar nicht miteinander angestoßen, was wir jetzt nachholten.

Ich nahm einen Schluck und grübelte über Christophers Worte nach, als er plötzlich sagte: »Ich meine, war das nicht auch das, was deinen Onkel auszeichnete? Oder warum hat er dich so beeindruckt? War es nicht, weil er das für sich Wesentliche erkannt hatte? Weil er das Leben vom Ende her sah, das Leben mit Blick aufs Ende? Verlor er sich deshalb nicht in Nebensächlichkeiten? Ruhte er nicht gerade deshalb so in sich? Und nicht dieses vergebliche, panische Strampeln …«

»Strampeln?«

»Ja, schau dir die Menschen doch an! Was sind sie rastlos … Andauernd in Eile, andauernd beschäftigt. Hetzen von Tätigkeit zu Tätigkeit, bis zur heillosen Überforderung – und finden doch das Glück nicht. Ich weiß ja nicht, wie du das siehst, aber weißt du, was mein Eindruck ist?«

»Was denn?«

»Sie sind so rastlos, eben weil sie das Glück nicht finden. Weil sie es an den falschen Stellen suchen. Als suchten sie das Glück dort, wo es nicht ist. Man würde ihnen am liebsten eine Prise Valentin verordnen!«

Ich lächelte.

»Ist doch so. Sie haben scheinbar alles: ein Dach über dem Kopf, einen Job, vielleicht sogar eine gute Beziehung oder liebenswerte Familie. Dennoch bleibt diese ewige Unruhe, diese nagende Unzufriedenheit. Als hätte das Leben noch gar nicht richtig begonnen. Als fehle immer noch etwas. Als läge das entscheidende Ereignis chronisch in der Zukunft. Als sei das Leben eine Reise mit irgendeinem erlösenden Ziel, aber dieses Ziel verschiebt sich kontinuierlich nach hinten. Sollte man das Leben nicht eher als Komposition auffassen? Und wenn das Orchester seine Symphonie doppelt so schnell spielt, klingt sie dann doppelt so schön?«

Ich spürte, wie ich innerlich in die Verteidigung ging, denn so ganz unbekannt war mir das von ihm beschriebene Gefühl nicht. »Letztlich scheint mir das eine individuelle Angelegenheit zu sein«, sagte ich.

»Die allgemeine Unzufriedenheit, meinst du?«

»Ja, ich meine, manche haben vielleicht wirklich ein Lebensziel nicht erreicht, das sie gerne erreichen wollten, und sind deshalb unzufrieden. Andere haben schlicht und einfach Pech: Etwas Schlimmes passiert, wirft sie aus der Bahn, und das Leben nimmt einen Verlauf, den man so nicht vorhergesehen und gewollt hat …«

»Hattest du etwa so ein Riesenpech im Leben?«

»Ich? Nein … nein«, stotterte ich. »Das kann man so nicht sagen.«

»Also ist die Unzufriedenheit, über die wir hier sprechen, nicht unbedingt ein Resultat von Pech.«

Moment, ging es jetzt um mich?

»Natürlich hast du recht, Nicolas. Natürlich gibt es Glück und Pech und Zufälle, und es gibt Schicksalsschläge. Aber kommt es darauf an, was uns passiert? Oder darauf, wie wir mit dem umgehen, was uns passiert? Jedem von uns passiert dauernd irgendetwas. Jeder muss mit Schicksalsschlägen fertig werden, oder etwa nicht? Jeder muss mit Verlusten und Niederlagen umzugehen lernen.«

Ich schwieg.

»Mir geht es darum, dass der Wahnsinn mitunter Methode hat. Wenn jemand von einem Schicksalsschlag heimgesucht wird – sagen wir, er wird krank oder ein geliebter Mensch stirbt –, dann ist das schrecklich, klar. Doch was ist, wenn wir uns *selbst* an unserem Unglück beteiligen? Läge darin nicht eine ganz andere, vielleicht sogar die eigentliche Tragik?«

»Selbst an unserem Unglück beteiligen?« Ich sah Christopher fragend an.

»Stell dir vor, man würde sein Ich verpassen und das falsche Leben wählen. Wäre das nicht ein Rezept für dauerhafte Unzufriedenheit, selbst wenn es uns sonst an nichts fehlen würde?«

»Klar. Obwohl ich mir nicht sicher bin, ob ich verstehe, was genau du meinst. Was soll das heißen, ›das falsche Leben‹?«

»Stell dir ein Leben vor, in dem ein Mensch nicht zu seinem Ich findet. Dieser Mensch wird also nicht eins mit sich selbst. Ein gelungenes Leben wäre aus dieser Sicht umgekehrt eines, in dem der Mensch zu demjenigen wird, der er vom Kern seines Wesens her ist. Warum scheitern so viele von uns an dieser Aufgabe, die doch offensichtlich zu den wichtigsten im Leben gehört? Was hindert uns daran, zu werden, wer wir sind? Man könnte meinen, es geschehe von ganz allein, nicht? Dass ein Mensch zu demjenigen wird, der er ist. Es klingt fast selbstverständlich. Warum ist es das nicht? Nein, warum ist es sogar alles andere als selbstverständlich?«

»Ich weiß es nicht. Aber könnte es nicht daran liegen, dass einem nicht immer klar ist, wer oder was man ist?«

»Genau! Und sollte uns das nicht bereits zu denken geben? Wie kommt es denn, dass uns nicht einmal klar ist, wer wir selbst sind? Wie ist es möglich, dass wir so wenig Zugang zu unserem inneren Kern haben? Ist das nicht merkwürdig? Warum stehen wir nicht in engerem Kontakt mit uns selbst?« Christopher strich sich über seinen kurzen Bart. »Neulich zum Beispiel habe ich einen Vater mit seinem Sohn beobachtet. Der kleine Junge war gestürzt und schluchzte – der arme Kerl konnte sich gar nicht beruhigen. Und was tat der Vater? Er sagte: Komm, Kleiner, warum weinst du denn? Ist doch nix passiert!«

Ich musste lächeln. »Das kommt mir bekannt vor.« So bekannt, dass ich mich fragte, ob Christopher schon wieder auf mich zielte: War ich der Vater, von dem er erzählte?

»Gut, aber was lernt das Kind aus der Situation?«, fuhr Christopher fort. »Ich habe mich so erschrocken und mein aufgeschürftes Knie tut wahnsinnig weh – der allwissende, allmächtige Riese jedoch, den ich Papa nenne, behauptet, es sei nix passiert. Mit anderen Worten, ich sollte meinen eigenen Sinnen bloß nicht über den Weg trauen. Was ich fühle, gilt nicht.«

Ich fragte mich, ob Christopher damit nicht ein wenig übertrieb. Wie wörtlich nahm ein Kind solche Sätze überhaupt? Waren sie nicht einfach als Trost gedacht? Mein Vater hatte mir jedenfalls auch nie etwas anderes gesagt.

Und doch, obwohl ich skeptisch blieb, Christophers Grundargumentation erschien mir nicht ganz unschlüssig.

Schließlich sagte ich: »Okay, aber ist das nicht bloß ein Beispiel? Ein winziger Ausschnitt aus dem Alltag eines Kindes, das ja letztlich von unzähligen Erfahrungen geprägt wird?«

»Ja, das wäre die Frage, nicht wahr? Ist es wirklich nur ein Beispiel? Oder setzt sich diese Erfahrung im späteren Leben fort? Geht es etwa in der Schule darum, unser eigentliches Ich zu entdecken? Ist es nicht eher so, dass wir dort unsere innersten Neigungen zugunsten eines weitgehend starren, vorgefertigten Lehrplans, mit dem wir im Dreiviertelstundentakt traktiert werden, unterdrücken müssen? Interessiert sich das Schulsystem für unser Ich? Setzt es alles daran, dieses zur maximalen Entfaltung zu bringen?« Christopher war nun wieder so richtig in Fahrt gekommen. »Dann werden wir Teil der Arbeitswelt, werden zu einem funktionierenden Rädchen im System. – Kümmert sich unser Arbeitgeber darum, dass wir zu unserem wahren Ich finden? Will die riesige Maschinerie da draußen, dass wir werden, wer wir sind? Oder will sie, dass wir werden, wie sie uns am besten brauchen kann?« Christopher machte eine Pause. Er seufzte. »Vielleicht ist es ja kein allzu großes Wunder, wenn wir uns irgendwann nicht mehr so richtig wahrnehmen. Nein, irgendwann haben wir uns vor lauter Anpassung an die Welt da draußen von uns selbst entfremdet. Das aber scheint mir ein Rezept für chronische Unzufriedenheit zu sein.«

»Hm«, entgegnete ich. »Und was schlägst du vor, sollte man dagegen tun?«

»Wenn ich das wüsste! Aber ein erster Schritt könnte doch darin bestehen, eine Weile aus dem System auszusteigen und sich Zeit für sich selbst zu nehmen. Es für einen Moment ruhig werden zu lassen, um einmal in sich hineinzuhorchen, sich selbst wieder zu hören ... Verwende ich meine Zeit so, wie ich sie verwenden will? Ständig haben wir vermeintlich Wichtigeres zu tun, als einmal in uns zu gehen und uns diese einfache und doch nicht ganz unwichtige Frage zu stellen. Erst wenn man mal aus dem Alltagstrott aussteigt und einen Augenblick innehält, taucht die Frage auf.«

»So einfach?«

»Nein, ich wünschte, es wäre so einfach. Das ist es ja gerade nicht. Schließlich müssen wir uns bei diesem Blick nach innen durch das Dickicht all jener Ideale kämpfen, die sich im Laufe des Lebens in uns eingenistet haben. Wir müssen uns gewissermaßen durch die Ideale in unserem Kopf hindurcharbeiten, um bis zu unserem wahren Kern vorzudringen.«

»Moment mal. Was für Ideale?«

»Wo soll ich anfangen?« Christopher sah erneut in der Bibliothek umher. »Ich nenne dir ein Beispiel: Einer meiner Bekannten ist Hochschulprofessor. Dabei ist er vor allem deshalb Professor geworden, weil seine Familie das für einen gesellschaftlich angesehenen Beruf hielt. Als Jugendlicher hatte er alte Fahrräder aufgekauft, um sie anschließend gewinnbringend weiterzuverkaufen. Ich versteh zwar nicht, warum, ihm aber gab das den ultimativen Kick. Er ist einfach ein begnadeter Händler. Aber das zu seinem Beruf machen? Nein, das war unter seinem Niveau. Das entsprach nicht dem familiären Ideal, das ja wiederum stark von der Gesellschaft geprägt war. Also, was tat er? Er verriet sein Talent. Er verriet sein Ich zugunsten eines Ideals, das nicht seinen eigentlichen Neigungen entsprach ...«

»Verrat ist vielleicht etwas hart ausgedrückt. Aber ich denke, ich verstehe, was du meinst. Für mich wirft das allerdings eine wichtige Frage auf: Gerade in jungen Jahren lassen sich doch eigene und fremde Ideale schwer voneinander unterscheiden. Soll man sich da gegen die gängige Meinung wenden? Gegen Gesellschaft und Familie? Ist *das* nicht ein Rezept für Unglück?«

»Es geht doch nicht darum, absichtlich ein Rebell zu sein, einzig und allein, um zu rebellieren. Man sollte geschmeidig bleiben. Es geht darum, du zu sein, du zu werden, und wenn die andern dir vorwerfen, das, wovon du träumst, sei unrealistisch oder reine Spinnerei, dann könnte man sich fragen, warum sie das tun. Haben sie legitime Gründe vorzuweisen? Sagen sie es, weil sie selbst etwas Ähnliches verfolgt und nicht erreicht haben? Haben sie Angst? Woher wissen sie eigentlich so genau Bescheid? Warum hat die Gesellschaft oder die Familie bestimmte Ideale? Sind das auch *meine* Ideale? Am Ende müssen ja nicht die andern dein Leben leben, sondern du. Und so musst auch du die volle Verantwortung und damit zugleich das volle Risiko für deine Träume und dein Leben übernehmen.«

Christopher stand auf, nahm die Champagnerflasche aus dem Kühler und füllte unsere Schalen noch einmal nach. »Ein alter Freund von mir handelt gerne an der Börse, hört bei jeder größeren Investition aber immer nur auf seinen Bankberater. Warum wohl?«

»Weil der Fachmann besser Bescheid weiß?«

»Das ist der vorgeschobene Grund. Der Berater hat aber auch keine Glaskugel, mit der er in die Zukunft blicken könnte. Und das weiß mein Freund auch. Auf diese Weise jedoch ist er zumindest nicht selber schuld, wenn die Sache schiefgeht. Zu verlieren und auch noch selbst schuld zu sein – das wäre zu viel.«

Ich sah zu, wie Christopher die Schalen füllte, und erinnerte mich plötzlich dunkel an eine Freundin meiner Frau, und ich sagte: »Ich musste gerade an eine Bekannte denken.« Christopher reichte mir schweigend meine Schale. »Es hat nichts mit dem Beruf zu tun, passt aber vielleicht dennoch zu dem, was du sagst.«

Christopher setzte sich wieder an den Flügel und nickte mir aufmunternd zu.

»Also sie, diese Bekannte, bckam von ihrem Vater immer gepredigt, sie solle sich bloß nie auf ein Kind einlassen. Vielleicht hatte er selbst keines gewollt, ich kenne die Hintergründe nicht. ›Nimm dir lieber einen Hund‹, sagte er ihr immer.«

Christopher lachte.

»Unglaublich, oder? Noch unglaublicher ist, dass sie sich tatsächlich einen Hund anschaffte. Ihr Mann wäre gern Vater geworden, aber sie wollte nicht. Sie glaubte, sie wüsste nicht so recht, es wäre vielleicht nicht das Richtige für sie …«

Christopher sah mich erwartungsvoll an. »Wie ging es weiter?«

»Einige ihrer Freundinnen wurden schwanger, und irgendwann verspürte auch sie den Wunsch nach einem Kind. Zuerst wollte sie es nicht wahrhaben, traute ihren Gefühlen nicht. Das ging so lange, bis sie in ein Alter kam, in dem das mit dem Kinderkriegen nicht mehr so selbstverständlich klappt. Erst da, aus einer Torschlusspanik heraus, entschied sie sich dafür.«

»Nicolas, du hast absolut recht. Die Endlichkeit öffnet ihr die Augen, und sie überwindet das väterliche Ideal, das sie zu lange für ihr eigenes Ideal gehalten hat. Das ist haargenau, was ich meine«, sagte Christopher begeistert. »Wie ist die Geschichte denn ausgegangen?«

»Soviel ich weiß, folgten einige qualvolle Jahre. Sie versuchten es letztlich mit einer künstlichen Befruchtung, aber auch das klappte nicht. Sie und ihr Mann waren irgendwann so verzweifelt, dass sie sich eine Auszeit nahmen, in der sie auch eine Reise nach Afrika machten. Und obwohl es nicht geplant war, inmitten der Armut, die sie dort erlebten, beschlossen sie, zwei Kinder zu adoptieren. Heute leben sie mit zwei süßen kleinen Mädchen zusammen, die mit meinem Sohn befreundet sind. Auf mich machen sie einen sehr glücklichen Eindruck, die ganze Familie, besonders die Mutter. Ich glaube, sie ist unendlich dankbar für das späte, unverhoffte Glück, das sie doch noch finden durfte.«

»Großartig!«, sagte Christopher. »Ich hätte kein besseres Beispiel finden können.« Er setzte seine Schale an die Lippen und leerte sie in einem Zug, wie letztes Mal, kurz bevor er sich verabschiedet hatte. Dann fragte er, in die leere Schale blickend: »Wie ist das mit dir, Nicolas? Warum bist du den Weg gegangen, den du gegangen bist? War es, weil es der Weg deines Vaters war? Weil du dich ihm verpflichtet gefühlt hast? Weil er dir immer sagte, von Geschichten ließe sich keine Familie ernähren? Weil du in seinen Augen kein ›Spinner‹ sein durftest? Kann es sein, dass du deinen Onkel in den letzten Jahren deshalb so gemieden hast, weil du dir nicht eingestehen wolltest, dass du dein Leben auch anders hättest leben können? Weil das Leben deines Onkels auch eines für dich gewesen wäre – und vielleicht sogar das für dich passendere?«

Ich war sprachlos.

Schließlich sagte Christopher leise in die Stille hinein: »Tja, ich fürchte, es ist wieder spät geworden. Ich wünsche dir jedenfalls eine gute Nacht, mein Lieber.« Und damit waren er und die Bibliothek schlagartig verschwunden. Diesmal wohl, wie ich annahm, endgültig.

13

Wer war dieser Christopher bloß? Woher kam er? War ich unversehens in einer Geschichte meines Onkels gelandet? War dies hier ein *Christopher*-Band und ich ein Teil davon, eine Figur darin? Aber wie war das möglich? Und wohin verschwanden Christopher und seine Bibliothek tagsüber? Oder waren meine beiden Begegnungen mit Christopher nur ein verrückter, wiederkehrender Traum gewesen? Eine wilde Phantasiewelt, die mein schlafendes Gehirn mir in einem dieser außergewöhnlichen nächtlichen »Aktivitätsmodi« vorgaukelte, wie sie Valerie in ihrem Artikel beschrieben hatte?

Am nächsten Morgen war die Beerdigung, die ich zunächst wie einen weiteren Geschäftstermin wahrnahm. Als ich die versammelte Menschenmenge sah, wurde mir flau im Magen, und ich wäre am liebsten umgekehrt und verschwunden. Ich wollte keine Beileidsbekundungen, all diese Floskeln, die ohnehin nicht erfassen konnten, was ich für Valentin empfunden hatte.

Eine ältere Dame mit einem nervösen Jack Russell an der Leine und auf dem Kopf einen schwarzen Hut kam auf mich zu, um mir eine Geschichte über meinen Onkel zu erzählen, dabei wusste ich gar nicht, wer sie war. Sie erzählte, und ich versuchte zuzuhören. Ich nickte schweigend, ging in die Hocke, streckte dem Jack Russell vorsichtig meine Hand entgegen und hörte einfach zu, obwohl es mir schwerfiel, mich auf ihre Worte zu konzentrieren.

Irgendwann erkannte ich zwischen den Gestalten einen alten Freund von Valentin, und ich ging zu ihm hin und umarmte ihn. Ich wollte etwas sagen, brachte aber kein Wort heraus.

Ansonsten war da lediglich ein Gefühl von Leere. Leere sowie der stetig wachsende Wunsch, die Angelegenheit endlich hinter mich zu bringen …

Erst als ich vor dem Grab stand, Julian neben mir, der noch nie auf einem Friedhof gewesen war, geschweige denn einer Beerdigung beigewohnt hatte, erst als ich da inmitten dieser trostlosen Grabsteine stand, dieser hässlich marmorierten, glänzenden, starren Stein-Monolithe mit ihren abstoßenden Formen wie verunglückte, erstarrte Seelen, das pure Gegenteil von Valentins leichtem, geschmeidigem Wesen, und als wir dann, Julians kleine, schlaffe Hand in meiner, mitansehen mussten, wie sein Sarg langsam in das tiefe Erdloch hinabgelassen wurde und die Welt um uns herum sich verdunkelte, als hätte man ihr jäh eine Handvoll ihrer schönsten Farben gestohlen, erst da, nein, da eigentlich noch nicht, genau genommen erst, als wir anschließend schweigend im Wagen saßen, auf dem Rückweg zur Villa, und keiner von uns etwas sagte – da traf mich die Trauer mit voller Wucht.

Ich hatte es nicht kommen sehen. Als mich ein paar Tage zuvor Valeries Anruf mit der Nachricht von Valentins Tod erreichte, hatte ich mich darüber gewundert, dass sein Tod nicht wirklich zu mir durchdrang. Ich hatte die Botschaft zur Kenntnis genommen, ohne sie wirklich zu spüren. Jetzt kam es mir vor, als hätte die Trauer wie ein Raubtier die ganze Zeit in mir auf der Lauer gelegen, und nun plötzlich, in einem Moment geschwächter Abwehr, schlug sie zu.

Und mit der Trauer kam ein Gefühl der Reue, sie überspülte mich ebenso unerwartet. Wie eine Welle, die einen umhaut und gewaltsam mitreißt.

»Papa, erzählst du mir eine Quatschgeschichte?«

Starrer Blick nach vorne auf die Straße.

»Papa?«

»Jetzt bitte nicht, Julian«, hörte ich Valeries Stimme.

Nach einer Weile sagte ich mit einem Kloß im Hals: »Gleich, mein Junge. Gleich, ja?«

Es wäre so einfach gewesen, dachte ich oder dachte es in mir – es wäre so einfach gewesen, Valentin öfter zu besuchen oder auch zu uns einzuladen (obwohl, das hatte ich getan, nur war er halt auch nicht mehr der Jüngste gewesen und hatte sich längere Reisen nicht mehr zumuten wollen). Es wäre einfach gewesen, mehr Zeit mit ihm zu verbringen. Warum hatte ich es versäumt? Wie einfach es gewesen wäre! Sich ins Flugzeug zu setzen, zu ihm zu fliegen. So viele Flüge hatte ich bedenkenlos, routinemäßig zu allen möglichen Meetings und Orten unternommen, immer und immer wieder. Aber zu ihm, eine Reise von insgesamt vier, fünf Stunden? Das war mir zu viel gewesen, dafür hatte ich keine Zeit gehabt. Warum nicht?

Ich ging in mich, um eine Erklärung für mein Verhalten zu finden. Nur fand ich keine. Ich forderte Erklärungen von mir, wie ich sie von einem nachlässigen Mitarbeiter gefordert hätte. Aber es kamen keine Erklärungen, bloß Ausreden.

Was war es gewesen? Woran hatte es gelegen? Am Stress? Am Druck? Daran, dass die Firma angeblich nicht ohne mich auskam? Was, Nicolas, was war es? Keine Antwort.

Ich warf die Fragen in mich hinein wie schwere Gesteinsbrocken in einen dunklen, unergründlichen See.

Am unangenehmsten waren dabei die Vorwürfe, die ich mir wegen Julian machte. Dass ich für mich vermeintlich Besseres zu tun gehabt hatte, als Valentin in seinen letzten Lebensjahren zu besuchen, sei's drum. Aber dass ich mit meinem Verhalten zugleich dafür gesorgt hatte, dass Julian ihn nie wirklich kennengelernt hatte, dass er ihn nie erleben durfte, das ließ sich nicht wiedergutmachen. Es war falsch. Falsch und unumkehrbar.

Stattdessen hatte ich ihn mit Rechenaufgaben geplagt und mit was weiß ich was. Darauf hatte ich Wert gelegt. Darauf hatte ich meine Energie verwendet! Es fühlte sich in diesem Moment so absurd an …

Ich war schuld, dass Valentin für Julian kein echter Mensch war, sondern eine Art Legende, die genauso gut eine Erfindung von mir hätte sein können. Eine weitere Quatschgeschichte … Und dass ich es jetzt bereute: Was hatte Julian davon? Gar nichts. Überhaupt nichts.

*

Am Abend trug ich Julian hoch ins Bett. Als er sich unter die Decke gelegt hatte, setzte ich mich zu ihm auf die Bettkante, um ihm eine Geschichte zu erzählen. Eine besondere Quatschgeschichte.

Sie sollte ihm helfen, den hinter uns liegenden Tag etwas zu verdauen, und ihm das Einschlafen zu erleichtern.

Ich nahm die kleine Hand meines Jungen in meine, seine weichen, zerbrechlichen Finger. Ich stammelte etwas vor mich hin und musste dabei immer wieder neu ansetzen, als Julian sagte: »Papa, willst du in meine Höhle kommen?«

Ich schwieg.

»Komm, Papa«, sagte er. »Komm«, wiederholte er und dass ich nicht traurig sein solle und dass er mir eine Geschichte erzählen würde.

Ich streifte die Mokassins ab und legte mich neben Julian. Er zog die Decke über unsere Köpfe, und im Schutz der Höhle, die er uns gebaut hatte, träumten wir uns weit weg von allem. Machten uns mit einem Segelschiff auf den Weg zu jener entlegenen Schatzinsel, zu der nur Julian uns führen konnte, weil nur er über jene geheime Karte verfügte, auf dem der Schatz mit einem dicken roten X markiert war.

Später, als wir bei Mondschein vor Anker gegangen waren und uns in der Kajüte schlafen legten, wurde uns allerdings die Karte von Piraten, die uns verfolgt hatten, gestohlen, und zunächst schien alles verloren, aber Julian – er erzählte immer aufgeregter, saß nun aufrecht in der Höhle und erzählte mit dem ganzen Körper –, Julian hatte die Piraten natürlich ausgetrickst und ihnen extra eine falsche Karte gemalt, und so, während die Piraten auf der Welt umherirrten, konnten wir in Ruhe und von keinem verfolgt die Schatzinsel ansteuern …

»Papa, jetzt du.«

Ich lag immer noch, Julian saß aufrecht im Bett, über uns die Decke, die er mit dem Kopf stützte, damit die Höhle nicht einstürzte, und dann war ich mit dem Erzählen dran.

Ich weiß nicht, wie lange wir so zusammen in der sich langsam aufheizenden Höhle vor uns hin schwitzten und erzählten. Das heißt, ich erzählte nun, erzählte in dem verzweifelten, irrwitzigen Versuch, etwas bei ihm gutzumachen, was sich nicht gutmachen ließ, schon gar nicht mit Quatschgeschichten. Ich erzählte einfach immer weiter, als fürchtete ich mich vor der Stille, die mich erwartete, wenn ich mit dem Erzählen aufhören würde.

Irgendwann öffnete sich die Tür, und Valerie fragte, ob wir überhaupt wüssten, wie spät es sei.

Angespanntes Schweigen in der Sauna-Höhle.

Julian fing an zu kichern …

Als er endlich schlief, kam Valerie auch ins Bett, kuschelte sich an uns, an mich.

Ich schloss die Augen und war so froh, dass sie

da war. Sie sagte leise: »Wenn ich es nicht besser wüsste, könnte man meinen, du seist zum Geschichtenerzählen geboren.«

14

Nicolas, wirklich? Wollen wir nicht noch ein paar Tage hierbleiben?«, fragte Valerie. Äußerst irritierter Gesichtsausdruck. »Julians Ferien sind doch noch lange nicht vorbei. Und sieh doch mal, wie gut uns diese Auszeit tut …«

»Ja, Papa, bitte!«

Ich seufzte. »Es geht nicht, Julian, ich muss mich in der Firma um ein paar Sachen kümmern.«

»Muss das wirklich sein, Nicolas?«

»Ja, Papa, wir wollen doch heute ins Schwimmbad gehen. Auf die Riesenrutsche! Bitte, Papa, bitte …«

Ich sah Valerie an. Es tat mir wirklich leid, aber ich konnte einfach nicht länger von der Firma fortbleiben.

Michael hatte plötzlich Druck gemacht, ich hatte mit ihm telefoniert, und er hatte in für ihn ganz untypisch nebulöser Art gefragt, ob wir nicht ganz bald einmal »reden« könnten. Von Angesicht zu Angesicht. Er wollte mir nicht am Telefon sagen, worum es ging, es hatte aber auf jeden Fall dringend geklungen, und ich sagte: »Valerie, ich muss hin, Michael dreht am Rad, es geht nicht anders, ich muss einfach hin.«

»Ach, Michael …«, entgegnete Valerie genervt.

»Nein, Valerie, es klang wirklich ernst. Ich habe ihn in dem Chaos zurückgelassen. Ich muss hin. Ich kann ihn nicht länger mit den ganzen Problemen alleinlassen! Soll ich etwa aus der Ferne zusehen, wie meine Firma zugrunde geht?«

Valerie schüttelte den Kopf. Ihr Blick drückte aus, »als ob immer gleich die Firma zugrunde geht« oder »die Firma, die Firma, natürlich, was denn sonst«. Aber sie sprach es nicht aus. Stattdessen eisiges Schweigen.

»Papa, bitte …«

Ich ging in die Hocke und streichelte Julian über den Kopf. »Es tut mir leid, Junge. Es tut mir wirklich leid …«

Ich atmete einmal tief durch, und während ich mich wieder aufrichtete, überlegte ich laut: »Wie wäre es, wenn ihr beiden einfach noch ein paar Tage dranhängt, und dann kommt ihr nach, wann immer ihr wollt? Was meint ihr?«

»Das ist jetzt nicht dein Ernst, Nicolas, oder?« Valeries Kiefer arbeiteten, ihre Kaumuskeln zuckten. Ein untrügliches Zeichen, dass sie sauer war.

»Wieso nicht?« Ein paar Urlaubstage in einer Villa, in idyllischer Landschaft, bei allerbestem Wetter. Was war daran so schlimm? War der Vorschlag etwa so absurd?

»Ja, Mama. Wir können doch hierbleiben?«

»Ach, Julian …« Seufzen. »Das sagst du doch nur, weil du jetzt ins Schwimmbad willst. Aber das können wir zu Hause auch, dafür brauchen wir nicht hierbleiben.«

»Nein, Mama, das stimmt nicht. Schau mal, du siehst das falsch. Also, Mama, zu Hause gibt es doch keine Riesenrutsche.«

Schweigen.

»Bitte, Mama.«

»Du willst wirklich hierbleiben?«

»Ja, Mama.«

»Ohne Papa?«

»Ja!«, rief Julian, seine Stimme überschlug sich fast. »Warum nicht?« Und er zuckte mit den Schultern.

Erneutes Schweigen.

»Mama?«

»Was, Julian?«

»Können wir jetzt ins Schwimmbad gehen?«

Seufzen.

*

Ich hatte Valerie noch sagen wollen, dass es mir leidtat. Ich wusste bloß nicht, wie. Dann hatte ich versucht, sie auf die Wange zu küssen, aber sie hatte sich wortlos, ohne einen weiteren Blick, von mir abgewandt. Und so – obwohl ich natürlich auch nicht glücklich damit war, im Gegenteil – hatte ich meine Reisetasche gepackt und war alleine zum Flughafen gefahren. Ich wäre ja auch noch geblieben, aber es ging schlichtweg nicht. Ich konnte es nicht verantworten, länger wegzubleiben, wobei mich allerdings Michaels vage Andeutungen (von wegen, wir müssten »unbedingt von Angesicht zu Angesicht« reden usw.) mehr und mehr zu nerven begannen. Egal, ich musste hin!

*

Erst im Flugzeug merkte ich, dass ich das Falsche tat, und fühlte mich schuldig, Valerie gegenüber, auch Julian gegenüber. Obwohl ich mir nicht sicher war, wie sehr er mich überhaupt vermissen würde. Er hatte ja seine Mama und ein Schwimmbad mit Riesenrutsche und anschließend zweifellos endlich mal ein Eis.

Trotzdem vermisste ich ihn, vermisste sie beide, und irgendwann wäre ich beinahe wieder aus dem Flugzeug gestiegen, was ich nur deshalb nicht tat, weil wir uns in dem Moment, als mich der Impuls überfiel, gut 8000 Meter über dem Meeresspiegel befanden.

Da saß ich auf dem harten, unbequemen Sitz und starrte auf meinen Laptop. Versuchte, zu arbeiten, die Zeit wenigstens zu nutzen, aber unwillkürlich, und obwohl ich mich dagegen wehrte, überfiel mich ein deprimierendes Gefühl bei dem Gedanken, dass ich mich Sekunde für Sekunde weiter von den beiden Menschen entfernte, die mir am wichtigsten waren und die ich alleine in der Villa zurückgelassen hatte.

In diesem Moment nahm ich mir vor, in Zukunft keine kostbare Zeit mehr darauf zu verschwenden, mich je wieder aus irgendeinem nichtigen Anlass mit Valerie zu streiten – obwohl wir uns zum Glück selten richtig heftig stritten.

Ich fühlte mich schlecht und dachte darüber nach, wie verrückt es war, die wenige Zeit, die einem gegeben war, auch noch mit Streit und Ärger zu verschwenden. Wie ich abends häufig gereizt auf Julian reagierte, obwohl es meist gar nichts mit ihm zu tun hatte, sondern mit irgendeinem Vorfall im Büro. Weil ich innerlich unter Druck stand oder mich gestresst fühlte. Und manchmal reagierte ich auch Valerie gegenüber bloß deswegen irritiert, weil ich von etwas in der Firma genervt war. Wenn dagegen umgekehrt Valerie gereizt oder sauer war, lag es – das war zumindest mein Eindruck – oft nicht zuletzt daran, dass ich mal wieder Mist gebaut hatte. Nicht, dass sie perfekt wäre, es ging ja nicht darum, sie zu einem übermenschlichen Wesen zu erklären, aber um das Gefühl: Wenn sie verärgert war, hatte es zumindest seine Berechtigung. Warum also war sie jetzt so sauer? Mir war schon klar, dass es nicht optimal war, aber verstand sie denn nicht, was gerade in unserem Laden los war?

Irgendwann nickte ich zum Glück ein, eine willkommene, angenehme Pause von mir selbst. Ich schlief durch bis zur Landung, als ich von der mit einem kräftigen Ruck aufsetzenden Maschine wachgerüttelt wurde.

15

Es war merkwürdig, vertraut und doch zugleich merkwürdig, als ich mich nach der stundenlangen Reise, nach Mietwagen, Flug und Taxi in jenem Flur wiederfand, wo mich vor gerade mal einer Woche Valeries Anruf erreicht hatte. Es fühlte sich wie gestern an und doch wie aus einer anderen Zeit.

Ich traf mich gleich als Erstes mit Michael in seinem Büro. Ich hatte unterwegs überlegt, dass er vielleicht beleidigt sein könnte, weil ich zuerst an ihm gezweifelt und ihn dann auch noch im Stich gelassen hatte. Eigentlich hatte ich sogar fest damit gerechnet – aber nein, er war ganz im Gegenteil überraschend guter Laune. Er platzte jedenfalls vor Energie.

»Mann, Nicolas, ich hab vielleicht Neuigkeiten«, legte er aufgeregt los. »Also, ich habe ein paar richtig gute Nachrichten. Und dann wäre da ja noch, wie schon erwähnt, diese eine Sache, die du hoffentlich nicht in den falschen Hals kriegst.«

»Michael, hör auf, mich auf die Folter zu spannen. Sag mir, was los ist.«

»Okay, also, womit fang ich an? Die wichtigste Nachricht ist: Wir sehen die gewünschte Anreicherung. Das ist schon mal super.«

Mir fiel ein Stein vom Herzen. »Bist du sicher?«, fragte ich – ich fragte es vor allem, um es noch einmal zu hören.

»Absolut sicher. Ich denke, letztlich ist es schlichtweg eine Frage der Dosierung. Die müssen wir in einem nächsten Schritt noch ein bisschen austarieren, aber das kriegen wir hin. Wir werden die Dosis auf jeden Fall erhöhen, vielleicht sogar verdoppeln müssen.«

»Gut, gut. Und weiter?«

»Du wirst es nicht glauben, aber in der Fasten-Kontrollgruppe sehen wir nicht bloß eine Anreicherung, wir sehen bereits beachtliche erste Effekte, Nicolas …«

»Was für Effekte?«

»Alles in die richtige Richtung. Egal, was man sich ansieht, alles in Richtung Verjüngung. Seien es die Entzündungswerte, hs-CRP und die anderen Entzündungsmarker, die NAD+-Levels, die mTOR-Aktivität – alles in die richtige Richtung.« Michael redete jetzt wie unter Strom, mit weit aufgerissenen Augen, als hätte er Amphetamine geschluckt. »Pass auf, jetzt kommt es: Die Effekte der Methusalem-Pille kombiniert mit dem Fastenprogramm sind nicht lediglich additiv. Sie potenzieren sich. Wir sprechen also von einer Interaktion, wie wir sie so nicht vorhergesehen haben.«

»Was?«

»Ja. Und die Wirkung ist von einer Größenordnung, das hast du noch nicht gesehen. Das heißt, wer die Methusalem-Pille nimmt und zugleich fastet, der wird mit ziemlicher Sicherheit eine Verjüngung auf der ganzen Ebene erfahren.« Michael grinste. »Jetzt müssen wir die Leute nur noch zum Fasten bewegen, was natürlich nicht so einfach ist, aber gut.«

»Wow«, sagte ich. »Wow.« Etwas später: »Das ist unfassbar, Michael!« Und wieder etwas später: »Mann, Michael, weißt du, was das bedeutet?«

»Natürlich«, antwortete Michael selbstbewusst. »Das bedeutet, dass wir aus dem Schneider sind. Wir sind im Geschäft. Wir haben es geschafft, Nicolas.«

Ich grinste. Und saß da und konnte es nicht glauben. Es war tatsächlich ein Durchbruch. Ein Grund, weshalb unsere klinische Studie so groß und teuer war, lag darin, dass Michael auf diversen Kontrollgruppen bestanden hatte. Es war eine riskante Alles-oder-nichts-Strategie gewesen, und nun schien sie sich auszuzahlen. Michaels wissenschaftliche Rigorosität und Integrität, seine Kompromisslosigkeit, wenn es um qualitativ hochwertige Arbeit ging, hatten sich gelohnt.

»Michael«, sagte ich, »mir fehlen die Worte.« Ich hielt inne. »Du bist der Beste.«

Michael ließ das Kompliment wirken, und es wurde still.

»Ich schätze, ich muss dann auch mal anfangen zu fasten«, scherzte ich.

»Hast du es schon mal versucht?«

Ich schüttelte den Kopf.

»Schrecklich. Obwohl, nach drei, vier Tagen wird es besser. Aber da musst du ja erst mal hinkommen ...«

Nach einer Weile sagte er, nun sehr viel ernster: »Tja, was diese andere Angelegenheit betrifft, von der ich dir am Telefon kurz erzählt habe ... Ich hoffe, sie verdirbt dir jetzt nicht die gute Laune.«

Ich erschrak. »Bitte, jetzt keine schlechten Nachrichten, Michael. Bitte nicht.«

»Also, ich mach's kurz und schmerzlos.« Michael atmete tief durch, dann sagte er: »Novotech ist auf mich zugekommen.« Pause. »Die haben mir ein Angebot gemacht, Nicolas. Ein richtig gutes Angebot.«

»Was? Ist das dein Ernst? Die können dich doch nicht einfach abwerben!«

Aber natürlich konnten sie das. Mehr noch, es war nur eine Frage der Zeit gewesen. Tief drin hatte ich es gewusst, insgeheim hatte ich immer damit gerechnet, obwohl ich es zu verdrängen versucht hatte. Dabei war mir klar gewesen, dass man einen wie Michael irgendwann abwerben würde.

Michael schwieg.

»Was bieten sie dir denn an?«, fragte ich vorsichtig.

»Den Chefposten.«

»Wow«, rief ich fröhlich, obwohl mir eigentlich überhaupt nicht froh zumute war.

Und dann sagte ich erst mal gar nichts mehr.

*

Später am Tag eine Konferenz mit dem ganzen Team. Michael hatte in seiner Euphorie alle zusammengetrommelt, um die geballten guten Nachrichten zu verkünden.

Ich blickte in die Gesichter meines Teams.

Seltsamerweise fiel mir als Erstes auf, wie blass alle waren. Sahen sie immer so blass aus? Es sprang mir einfach ins Auge. Ich schätze, ich schämte mich wohl ein wenig für mein sonnengebräuntes

Äußeres, obwohl es ja nun nicht so war, dass ich in meinem Zwangsurlaub nur in der Sonne herumgelungert hatte. Egal, wahrscheinlich war es völlig irrelevant, denn ich glaube nicht, dass sich die Kollegen auch nur irgendetwas aus meiner Gesichtsfarbe machten.

»Willst du anfangen?«, fragte Michael leise.

»Nein, mein Lieber«, sagte ich ebenso leise zurück, »das hier ist deine Show.«

Und während Michael die Ergebnisse präsentierte, hörte ich stolz zu. Einerseits. Andererseits ging mir natürlich das Angebot durch den Kopf, das man ihm unterbreitet hatte, und ich fragte mich, was passieren würde, nähme er es an, worüber wir noch gar nicht weiter gesprochen hatten, was aber durchaus nicht unwahrscheinlich war: Immerhin sprachen wir über die Chefposition bei einem der renommiertesten Unternehmen unserer Branche.

Nachdem Michael die spektakulären – wenn auch freilich noch sehr vorläufigen – Zwischenergebnisse in allen Details ausgebreitet hatte, entflammte eine lebhafte Diskussion darüber, wie wir die Sache von hier an weiterentwickeln könnten. Da kam mir plötzlich eine Idee, und ich sagte:

»Was wäre, wenn wir die Sache auf die Spitze treiben und das Ganze noch etwas umfassender angehen?«

»Umfassender?«, fragte Michael mit einem Funkeln in den Augen.

»Wir ziehen alle Register.«

»Okay, klingt gut«, erwiderte Michael. »Aber, was meinst du damit? Was schwebt dir konkret vor?«

Ich führte meine Idee aus: Die Generation meines Vaters hatte Altersleiden, wie Alzheimer oder Parkinson, über Jahrzehnte hinweg wieder und wieder mit Einzelwirkstoffen zu bekämpfen versucht. Das Ergebnis war, milde formuliert, enttäuschend gewesen. »Wie aussichtsreich ist es überhaupt, etwas dermaßen Komplexes mit einem oder einigen wenigen Wirkstoffen in den Griff zu kriegen? Ich meine, wir verabreichen unseren Cholinesterase-Hemmer oder unseren Dopaminagonisten und hoffen, wir könnten auf diese Weise ein höchst diffiziles dynamisches System wieder ins Lot bringen.«

Ich sah Michael an. Er verstand mich sofort: »Du hast recht, Nicolas. Es ist so, als hätte dein Dach zwei Dutzend Risse, und du flickst einen davon und wunderst dich, dass es immer noch reinregnet.«

»Ich denke jetzt einfach mal laut«, sagte ich und meinte: Zusätzlich zu dem klassischen Ansatz – der Verabreichung bestimmter Wirkstoffe oder

Wirkstoff-Cocktails – könnten wir doch eine weitaus grundlegendere Lebensumstellung ins Auge fassen, in der Hoffnung, dass sich die Effekte potenzieren würden, wie wir es nun bei der Fastengruppe sahen. Nur würden wir eben nicht bloß ein Fasten-, sondern auch ein Sportprogramm hinzuziehen, einerseits Cardio, dann aber auch Krafttraining zur Bekämpfung von Sarkopenie. Wir könnten etwas gegen Stress unternehmen, beispielsweise mit Hilfe von Meditation oder Yoga. Wir müssten Faktoren wie den Schlaf, die Ernährung und das soziale Umfeld berücksichtigen, die geistige Anregung, die familiäre Einbindung, das Gefühl von Lebenssinn … Erst dann, erst mit einem derart umfassenden Programm, hätten wir eventuell die Chance, etwas wirklich Substanzielles auszurichten und den Alterungsprozess und damit einhergehende Altersleiden zurückzudrängen.

Es war nicht mehr als nur so eine Idee, doch Michael schien davon ganz angetan zu sein. An diesem Zeitpunkt zogen wir uns zu einem Gespräch unter vier Augen zurück. Michael führte ins Feld, selbstverständlich ließen sich Altersleiden und der Alterungsprozess nicht »wegmeditieren«. Für den optimalen Ansatz müsse man idealerweise den westlich geprägten analytischen Sezierblick mit dem fernöstlichen ganzheitlichen Denken verbinden. »Damit aber könnten wir schon wirklich etwas Positives bewirken, Nicolas.« Es wäre nicht so einfach wie die schlichte Verabreichung einer Pille, meinte Michael, und er fragte sich auch, wie viele Menschen bei so etwas überhaupt mitmachen würden, aber wenn sie sich dazu bewegen ließen, »dann könnte es sich schon sehr lohnen«.

Michael war erneut ganz in seinem Element. Ich betrachtete ihn, während er redete und vollkommen bei der Sache war. Ich konnte mir nicht vorstellen, was aus unserem Unternehmen werden sollte, würde er wirklich gehen. Ich musste mir dringend etwas einfallen lassen.

Michael war zwar nicht unbedingt einer, der wegen eines Chefpostens ein Herzensprojekt im Stich ließ. Vielleicht aber hatte ich ja Glück, und Novotechs Studien würden ihn nicht ganz so reizen wie unsere. Auch wusste ich, wie sehr er an seinem Methusalem-Baby hing und dass er die Sache nur allzu gern weiterverfolgen und ausbauen würde. Dennoch war mir klar, dass ich noch eine Schippe drauflegen musste, um ihn nicht bloß jetzt, sondern langfristig an mein Unternehmen zu binden.

16

Die nächsten Tage verbrachte ich praktisch rund um die Uhr im Büro. Neben dem üblichen Alltagskram traf ich mich wiederholt mit unserem Labormanager Markus, um die Maßnahme, die mir in Sachen Michael-Personalie vor Augen schwebte, zumindest grob auszuloten und vorzubereiten. Schließlich stand meine Entscheidung fest, und als ich mir meiner Sache hundert Prozent sicher war, zögerte ich es nicht länger hinaus und ging hinüber zu Michaels Büro. Bereits auf dem Flur dorthin spürte ich eine seltsame Erleichterung: Die Entscheidung fühlte sich absolut richtig an. Mir war, als würde mir eine große Last von den Schultern genommen.

Er saß wie üblich am Computer, und ich setzte mich wie üblich auf die Ledercouch. Statt lange um den heißen Brei zu reden, kam ich gleich zum Thema:

»Ich möchte mit dir über das Angebot von Novotech reden.«

»Klar, gerne.«

»Es ist mehr eine Frage.«

»Eine Frage? Okay, ich höre.«

Ich hielt noch einen Moment inne und sagte dann: »Tja, also, ich wollte dich fragen, ob du dir vorstellen könntest, mein Partner zu werden.«

Michael starrte mich an. »Partner, wie meinst du das?«

»Partner. Wie in: gleichberechtigter Unternehmenspartner.«

Schweigen.

»*Weynbach Pharmaceuticals*, du und ich – als Doppelspitze. Was sagst du dazu?«

Michael saß da, senkte den Kopf und sah zu Boden.

Ich hätte gedacht, er würde ausflippen, mich umarmen oder einen Freudentanz aufführen. Stattdessen saß er ganz still da, Blick auf den Boden, als würde er meditieren …

»Michael?«, fragte ich vorsichtig.

Da fing sein Kopf an zu nicken. Endlich blickte er hoch. Er hatte Tränen in den Augen.

Er wollte wohl etwas sagen, schüttelte jedoch bloß den Kopf. Nickte nur. Schließlich sagte er: »Mein ganzes Leben.« Mehr sagte er nicht, lediglich diese drei Worte. Und schon schwieg er wieder.

Irgendwann fragte ich: »Heißt das, du nimmst mein Angebot an?«

»Ja«, sagte er, nun offenbar langsam wieder der Alte. Und mit einem Lächeln: »Was denkst du denn?«

Etwas später: »Weißt du, was mir dieses Angebot bedeutet, Nicolas?«

»Sag es mir.«

»Es ist das, was ich mir immer gewünscht habe. Seit ich Student bin.« Michael sah zur Decke, als hätte er dort gerade sein früheres Ich entdeckt. »Ich hatte immer dieses Gefühl, ich muss mich in einem angesehenen Unternehmen nach oben arbeiten und etwas Vernünftiges auf die Beine stellen. Es ist schon merkwürdig, weißt du?«

»Merkwürdig?«

»Du träumst so lange und so häufig davon, und dann wird es mit einem Mal real. Aber du hast so ausgiebig davon geträumt, dass es sich jetzt, obwohl es real ist, immer noch anfühlt wie ein Traum. Verstehst du?«

»Weißt du«, sagte ich, und es war fast, als würde mir in diesem Moment Christopher zur Seite springen. »Das Ding mit den Träumen ist doch, dass sie nicht durchs Träumen wahr werden, sondern durch unermüdlichen Einsatz. Du hast es dir verdient, Michael. Wirklich. Ich könnte mir keinen besseren Partner vorstellen.«

Michael stand auf, kam zu mir herüber, beugte sich zu mir und umarmte mich. »Danke«, sagte er nur. »Danke.«

Und dann saßen wir noch eine ganze Weile zusammen und redeten über unsere gemeinsame Zukunft.

Michael fragte auch, wie es mir ging und wie denn jetzt die Situation nach dem Tod meines Onkels war. Und irgendwann sagte ich: »Valerie ist noch da, mit Julian. Die sind dageblieben, im Haus meines Onkels, das nun wohl zu meinem Haus geworden ist. Wir wissen noch gar nicht, was wir damit machen sollen. Ich hatte mir schon überlegt, es zu verkaufen.«

»Aber?«

»Valerie ist dagegen.«

»Und die beiden sind jetzt alleine dort?«

»Hm. Es sind ja Schulferien. Ich schätze, sie werden bald nachkommen …«

Michael sah mich nachdenklich an. »Also, ich will dir nur sagen, Nicolas, ich bin die nächste Zeit hier. Für Urlaub hab ich grad keinen Nerv. Nur für den Fall, dass du noch welchen nehmen wolltest.« Er fing an zu grinsen. »Wollte ich dir bloß sagen. Als dein Partner.«

Ich lächelte, und Michael lächelte zurück.

Erst als ich wieder in meinem eigenen Büro saß,

begann ich allmählich, seine Worte etwas ernster zu nehmen. Und nach einer Weile dachte ich: Warum eigentlich nicht?

*

Wenige Tage nach dem Gespräch mit Michael saß ich mit meiner Reisetasche auf dem Schoß im Taxi zurück zum Flughafen. Ich konnte es selbst kaum glauben, und zuerst kam es mir so vor, als hätte ich das schlechte Gewissen Valerie und Julian gegenüber lediglich gegen ein schlechtes Gewissen Michael und der Firma gegenüber ausgetauscht.

Trotzdem war ich mir sicher, dass es die richtige Entscheidung war.

Als ich dann endlich wieder das in der Sommerhitze glühende Grundstück meines Onkels erreichte, überfiel mich ein seltsames Gefühl. Es war, als würde ich nach Hause kommen. Ich schritt durch das schmiedeeiserne Tor, über den knirschenden Kies und weiter zur Eingangstür, wo ich ein paarmal auf die Klingel drückte.

Es dauerte eine Ewigkeit, bis sich drinnen etwas rührte. Gerumpel, Türenknallen, das nur von Julian kommen konnte, Fußgetrampel – dann öffnete sich die Tür:

»Papa!« Auf Julians Gesicht malte sich eine

Mischung aus Unglaube und voll aufgedrehter Julian-Freude. Als hätte der Weihnachtsmann persönlich mit einem Sack voller Geschenke und Süßigkeiten an der Tür geklingelt. Er umarmte mich mit seinen kleinen Armen, und ich ging in die Hocke, nahm sein Gesicht in meine Hände und sah ihm in die strahlenden Augen.

»Na, Julian, alles klar?«

»Mama!«, rief er. »Mama, Mama, Papa ist wieder da! Mama, komm, schnell!«

Pause.

Dann aus den Tiefen des Hauses Valeries Stimme: »Was??«

Es war herrlich!

17

Nicolas!«, rief Christopher überrascht und erfreut. »Wer hätte das gedacht? Du bist wieder da.« Es war Nacht, und er saß wie gewohnt an seinem Flügel und spielte, und ich freute mich ebenfalls, ihn wiederzusehen.

»Ich bin wieder da.«

»Diese kleine Villa hat Krallen.«

Lächelnd setzte ich mich auf den Hocker, sah mich um. Es fühlte sich so angenehm an, wieder in Christophers Bibliothek zu sitzen.

»Ich habe viel über unser letztes Gespräch nachgedacht«, fing ich nach einer Weile an.

»Hast du das? Dann sind wir ja schon zwei«, sagte er grinsend.

»Jedenfalls, ich wollte dir nur sagen: Es ist nicht so, dass ich es nicht versucht hätte.«

»Was hast du versucht?«

»Ich meine, Geschichten zu erzählen, ein Buch zu schreiben. So wie mein Onkel … Aber, tja, was soll ich sagen?«

»Lass mich raten: Es hat nicht gleich hingehauen? Stimmt's?«

»So ungefähr. Das heißt …« Ich überlegte. »Hast du Zeit für eine kleine Geschichte?«

»Immer.«

»Also«, setzte ich an, »damals, als ich ernsthaft mit dem Schreiben loslegen wollte, kam ich nicht so recht voran. Ich schrieb und schrieb, aber es führte zu nichts. Dann erkrankte mein Vater an Alzheimer, und ich musste mich entscheiden, ob ich ihn unterstütze und die Firma übernehme, die sein Ein und Alles war. Es wäre mir wie Verrat vorgekommen, es nicht zu tun, zumal mein Vater nach Wirkstoffen gegen die Alzheimer-Krankheit forschte. Ich hatte Neurowissenschaften studiert, ich kannte mich einigermaßen mit der Materie aus. Ehrlich gesagt, interessierte mich die Sache auch. Und da ich mit dem Schreiben zuvor ja schon mehrmals gescheitert war, hatte ich das Gefühl, etwas Vernünftiges zu tun.«

Christopher klimperte ein paar Töne, und ich hörte einen Moment zu.

»Später ist es mir gar nicht in den Sinn gekommen, meine Schreibversuche wieder aufzugreifen. Ich hatte schlicht nicht die Zeit, nicht die Ruhe. Heute käme es mir fast schon egoistisch vor, mich ernsthaft mit irgendwelchen Geschichten herumzuschlagen.«

»Egoistisch? Inwiefern?«

»Inzwischen geht es ja nicht mehr nur darum, was ich möchte. Ich habe Frau und Kind, ich habe Mitarbeiterinnen, Mitarbeiter, um die ich mich kümmern muss.«

»Eben!«, sagte Christopher.

Ich kannte diesen Ton bei ihm, obwohl mir nicht ganz klar war, was er jetzt damit meinte. »Eben?«

»Nicolas, mein Lieber, das ist eine Möglichkeit, die Geschichte zu erzählen. Man könnte sie auch anders erzählen.«

»Wie denn zum Beispiel?«

»Man könnte auch sagen, dass niemand etwas davon hat, schon gar nicht die Familie, wenn eines ihrer Mitglieder Abend für Abend unzufrieden nach Hause kommt und für nichts einen Nerv hat, weil er zu tief in seinem eigenen Sumpf steckt. Weil er sich von dem, was ihn im Innersten umtreibt, allzu weit entfernt hat. Weil er meint, sein Wunsch zu schreiben hätte sich von allein erledigt, unbewusst aber treibt er ihn immer noch um. Verfolgt ihn in seinen Träumen. Und wie kompensiert er das, was er verpasst hat? Mit blinder Arbeitswut. Stress ist ihm vertrauter als die eigene Frau, und er klebt an seinem Handy, als enthalte es die Lösung all seiner Probleme. Aber was ist, wenn der Stress nur ein Vorwand wäre, ein Ablenkungsmanöver, um sich bloß nicht mit sich selbst zu konfrontieren? Fürchtet er sich davor herauszufinden, ob er das, wovon er träumt, verwirklichen könnte? Als junger Mensch ist er bereits einige Male gescheitert – ist es das, was ihn zurückhält? Weil er es nicht ertragen könnte, wenn sich herausstellte, dass er doch nicht aus dem gleichen Holz geschnitzt ist wie sein von ihm so bewunderter Onkel?«

Ich atmete tief durch. Eins musste man Christopher lassen: Er nahm kein Blatt vor den Mund. Und er war noch nicht fertig:

»Wenn du wirklich so sehr an deine Familie denkst, wie du behauptest, fehlt dir dann nicht ein wichtiger Baustein in deinem Konstrukt?«

Ich sah ihn fragend an.

»Du kennst doch diese Eltern, die ihren ganzen Ehrgeiz in ihre Kinder legen. Was sie selbst verpasst haben, das soll auf verquere Weise das Kind nachholen. Das Kind muss dann unbedingt diese und jene Medaille gewinnen, die sie nicht gewonnen haben …«

Ich stutzte. »Und du meinst, ich bin so?«

»Sie können nicht loslassen«, fuhr Christopher fort, ohne auf meine Frage einzugehen. »Sie sind immer noch dabei, ihr eigenes Problem zu lösen, nur lösen sie es jetzt am eigenen Nachwuchs. Ist nicht gerade das egoistisch?«

»Doch, ja«, gab ich zu.

»Müsste Erziehung nicht bedeuten, von sich selbst abzusehen und sich stattdessen ganz auf dieses einmalig neue andere Wesen einzulassen? Müsste es nicht heißen, einem heranwachsenden Menschen nach Kräften dabei zu helfen, *seinen* Wesenskern zu entfalten? Aber dafür müsste man loslassen, ich meine: wirklich loslassen können, oder? Und das ist wohl einfacher gesagt als getan.«

Ich seufzte. »Okay, ich verstehe. Du willst mir sagen, dass man irgendwie mit sich selbst im Reinen sein muss, bevor man sich auf andere einlassen kann.«

»Es kommt vielleicht noch mehr hinzu. Stell dir vor, jemand hat selbst durchlebt, was es heißt, zu jenem Menschen zu werden, der er im Innersten ist – was würde das wohl in diesem Menschen bewirken?«

»Worauf willst du hinaus?«

»Nun, er hat es selbst erlebt, Nicolas. Er hat gespürt, wie lebenswichtig es ist, das eigene Ich voll und ganz entfalten zu dürfen. Jemand, der diese Erfahrung gemacht hat, kann meines Erachtens gar nicht mehr anders: Er will geradezu, dass auch jene Menschen, die er liebt, werden, wer sie sind. Er hat keine bestimmten Pläne mehr für sie. Er will sie nicht mehr formen und kneten. Er will, dass auch sie werden, wer sie vom Kern ihres Wesens her sind.«

Ich schwieg.

Und Christopher schwieg auch, während ich mir seine Worte durch den Kopf gehen ließ.

Ich grübelte über mich selbst nach – über mich und über Julian. Über die Erwartungen, die ich an ihn hatte. Mit welcher Haltung ich häufig auf ihn zuging. Eine innere Stimme sagte mir, dass Christopher in mancher Hinsicht durchaus recht hatte. Eine andere Stimme hielt jedoch dagegen, vor allem, sobald es um mich ging, wie er meinen eigenen Werdegang interpretiert hatte. Als sperrte sich diese Stimme in mir gegen das, was Christopher mir letztlich nahelegte.

Irgendwann sagte ich: »Du hast recht, ich habe oft an meinen Onkel gedacht. Und ja, ich war sehr beeindruckt von ihm. Ich hatte mir immer vorgenommen, so zu leben wie er. Und dann ist mir irgendwie das Leben dazwischengekommen.«

»Was genau hindert dich denn daran, der zu werden, der du bist?«, fragte Christopher. »Oder genauer gesagt: Was hindert dich daran, diesen wesentlichen Teil von dir zu entfalten? Meinst du, er wird jemals Ruhe geben? Um welchen Preis? Und falls du mir jetzt mit der Familie und der Verantwortung und den ganzen Verpflichtungen kommst, die du hast: Ja, du hast Verpflichtungen, und ja, du trägst Verantwortung. Und nein, du bist nicht Valentin. Du bist du, und es geht nicht darum, ab jetzt ausschließlich zu schreiben und den Rest, der du auch bist, aufzugeben. Es geht um deinen Weg. Es kann für dich nur darum gehen, ganz du zu werden.«

Ich schüttelte den Kopf. »Weißt du, ich kann dir wirklich nicht sagen, woran es damals gescheitert ist. Es ist, als würde mir etwas fehlen. Ich meine, einfach so eine Geschichte zu erfinden, ist ja nicht das Problem. Mein Onkel aber war mehr als ein bloßer Geschichtenerzähler …«

»Was hatte er denn, was du nicht hast? Oder meinst, nicht zu haben?«

»Seine Geschichten hatten immer diesen emotionalen, persönlichen Kern. Jedoch verstand er es auf für mich rätselhafte Weise, diesen persönlichen Geschichten eine gewisse übergeordnete Bedeutung zu geben. Ich glaube, daran bin ich gescheitert. Eigentlich an beidem. Am persönlichen Kern und an der übergeordneten Bedeutung.«

Christopher nickte. »Tja, das klingt in der Tat nicht einfach. Das klingt nach Arbeit.« Er grinste. »Und natürlich kann man nie wissen, ob man das hinbekommt. Erst recht nicht, wenn man es nicht versucht. Das Ding mit den Träumen ist bekanntlich, dass sie nicht durchs bloße Träumen wahr werden, sondern durch hartnäckigen Einsatz.«

Erst lächelte ich, denn das war ja wohl mein Spruch gewesen. Dann seufzte ich. Womit ich eigentlich sagen wollte: Aber ich habe es doch versucht! Ich ahnte allerdings, dass Christopher diesen Einwand nicht würde gelten lassen.

Der fuhr seelenruhig fort: »Apropos Geschichten mit ›übergeordneter Bedeutung‹, wie du es formulierst. Mir fällt dazu eine kleine, inzwischen zu Recht sehr berühmte Geschichte ein.« Er ließ den Blick durch die Bibliothek schweifen und fixierte dann eines der vielen Regale. »Soll ich sie dir erzählen?«

Ich nickte.

»Die Geschichte handelt von einem Zirkuselefanten, der von klein auf mit einer eisernen Fußfessel an einem kleinen Pflock angekettet war. Der Elefant wurde groß und stark, er hätte ganze Bäume aus der Erde reißen können. Dennoch befreite er sich nicht von dem kleinen Pflock, sondern ließ sich weiterhin anketten. Warum?«

»Vielleicht, weil er dressiert war?«

»Sicher war er dressiert worden. Nur, wäre er perfekt dressiert gewesen, warum hätte es dann noch der Kette bedurft?« Christopher nahm seine Champagnerschale, leerte sie und stellte sie neben meine eigene leere Schale auf den Flügel. Er lehnte sich mit dem Oberkörper ein Stück näher zu mir und sah mich eindringlich von der Seite an. »Also, sag's mir, warum riss das Tier sich nicht los?«

Ich zuckte mit den Schultern.

»Stell dir vor, als junger Elefant hatte er genau das versucht. Aber da er noch klein gewesen war, hatte ihm dafür die Kraft gefehlt, und er war gescheitert. Der Kleine versuchte es immer wieder und scheiterte immer wieder. Bis er es irgendwann – und wer wollte es ihm verdenken? – aufgab. Aufzugeben war in seiner Lage nachgerade vernünftig, nicht wahr? Als er dann groß und stark wurde, kam es ihm gar nicht mehr in den Sinn, es noch einmal zu versuchen. Verstehst du? Der arme Kerl hätte sich jederzeit befreien können. Was ihn gefangen hielt, waren nicht die Kette und nicht der Pflock. Es war das Bild, das er sich vor langer Zeit von sich selbst gemacht hatte, als er selbst noch ein anderer war.«

Ich sah Christopher in die Augen und musste unwillkürlich lächeln.

»Die Geschichte ist nicht schlecht.«

»Hab ich mir doch gedacht, dass sie dir gefällt.«

Ich hätte wetten können, dass er sich nun wieder mit einem »Gute Nacht, mein Lieber« verabschieden würde, so unvermittelt wie die letzten Male auch, und ich fing schon an, ihn zu vermissen. Stattdessen blickte er auf die Champagnerschalen auf dem Flügel:

»Was sagst du, trinken wir noch was?«

»Gerne«, sagte ich lachend. »Sehr gerne!«

Und genau das taten wir dann.

18

Die Aussicht, noch ein paar Tage in der Villa zu bleiben, weckte in uns allen ein richtiges Urlaubsgefühl. Die Stimmung war entspannt, wir verbrachten viel Zeit im Garten, wo wir gemeinsam frühstückten, mit frischgepresstem Orangensaft und Kaffee und jeder Menge Croissants mit Johannisbeermarmelade oder Pfannkuchen mit Apfelmus.

Übrigens hatte sich das Haus kräftig belebt, da Julian in meiner Abwesenheit zwei Nachbarsmädchen kennengelernt hatte, Lin und Naledi, die, wie ich erfuhr, aus Afrika adoptiert worden waren. Die beiden waren etwas älter als Julian und kümmerten sich geradezu rührend um ihn. Für ihn war es, als gingen die Ferien erst jetzt richtig los. Lin und Naledi entführten ihn ganze Vormittage lang in die Weinfelder, oder sie spielten bei uns im Garten und halfen mir beim Aufbau eines kleinen, so gut wie neuen Aufstellpools, den wir im alten Scheunenanbau entdeckt hatten. Die Mädchen brachten kistenweise Playmobil mit (ich staunte nicht schlecht, als ich entdeckte, dass es von Playmobil auch einen kleinen Flügel gibt, der sogar Musik spielte), und nach und nach verstreute sich das Spielzeug im ganzen Haus. Ich sah meinen Onkel buchstäblich vor mir, wie er sich darüber freute.

Wir lernten dann auch die Adoptiveltern der Mädchen näher kennen, ein nettes Ehepaar, er, Johannes, war Professor, das heißt, er war früher an einer Universität als Hochschullehrer tätig gewesen, nun ging er seiner Leidenschaft nach und handelte, zusammen mit seiner Ehefrau Elisabeth, mit Wein aus der Region.

Eines sonnigen Vormittags saß ich mit einem von Valentins roten Notizbüchern und mit einem seiner Panamahüte auf dem Kopf an dem kleinen Gartentisch. Das Notizbuch war noch leer, und ich kritzelte darin herum, als Valerie zu mir herauskam.

»Nicolas, ich würde heute wirklich gerne etwas mit den Kindern unternehmen. Schau mal, die Eltern von Lin und Naledi haben Julian jetzt schon ein paarmal mitgenommen, ich bekomme langsam ein schlechtes Gewissen. Wir könnten doch vielleicht ins Schwimmbad oder ins Dorf ein Eis essen gehen, je nachdem, worauf die Kinder Lust haben. Was meinst du? Übrigens, Julian hat neulich seine Badehose im Schwimmbad liegen lassen, er braucht eine neue. Die könnten wir dann auch gleich kaufen.«

»Eine Badehose?«, murmelte ich in Gedanken, den Bleistift in der Luft. »Klar, können wir machen.« Ich kritzelte weiter.

Valerie musterte das Notizbuch, das aufgeklappt auf dem Tisch lag. »Störe ich dich bei der Arbeit?«

Ich sah sie an und schwieg. Was hätte ich ihr auch sagen sollen? Wie hätte ich ihr meine Gespräche mit Christopher erklären sollen und was sie in mir ausgelöst hatten, ohne dass sie mich für verrückt halten würde? »Ach was«, sagte ich. »Ich habe bloß ein paar Ideen notiert.«

»Was denn für Ideen?«

»Ach … Nur so, für eine Geschichte. Vielleicht für ein kleines Buch, mal sehen«, sagte ich zögernd.

»Wirklich? Das heißt, du machst es endlich? Das ist toll, Nicolas, das finde ich großartig!«

Erleichtert blickte ich zu ihr auf. Da erst merkte ich, dass ich Angst vor ihrer Reaktion gehabt hatte. Ich sah auf mein Notizbuch. »Tja, keine Ahnung. Es ist leider nicht so, dass ich schon eine zündende Idee hätte.« Und nach einer Weile fügte ich hinzu: »Irgendwie fehlt mir eine Geschichte mit tieferer Bedeutung.« Ich versuchte ihr zu erklären, was ich damit meinte, versuchte es mit Beispielen aus

Valentins Büchern und verhedderte mich immer mehr, bis Valerie mich unterbrach:

»Warum denkst du nicht an Julian?«

»An Julian?« Ich lächelte. »Nein, ich wollte eigentlich keine Kindergeschichte schreiben.«

»So habe ich das nicht gemeint. Ich meine nur, vielleicht hilft es dir, wenn du dir überlegst, was du ihm erzählen würdest. Welche Lebenserfahrung würdest du ihm mitgeben wollen? Eher so …«

Erst verstand ich nicht so recht, wie mir das helfen sollte. Doch dann spürte ich, wie Valeries Worte etwas in mir anregten. Nicht, dass ich nun auf einmal gewusst hätte, was ich schreiben sollte, aber es war, als hätte sie meine Gedanken angestupst, und zwar in die richtige Richtung …

»Hm«, sagte ich. »Das ist gut. Danke. Das ist wirklich gut.«

Sie zuckte mit den Schultern und wandte sich zum Gehen. Da räusperte ich mich und sagte: »Valerie …« Ich sah ihr in die Augen. »Ich, ähm, ich wollte mich entschuldigen. Für neulich. Wegen des *Science*-Artikels. Und für vieles mehr.« Ich machte eine Pause. »Weißt du, als du mir neulich gesagt hast, dass ich mich nur für die Firma interessiere und nicht für deine Arbeit … Es war falsch von mir, wie ich mich verhalten habe, und es tut mir leid. Und besonders, weil mich deine Arbeit tatsächlich interessiert und ich es so wenig gezeigt habe.«

Valerie nickte.

»Und ich wollte dir sagen, wie wichtig du mir bist.«

Sekundenlang sah Valerie mich nur an. Dann sagte sie leise: »Danke, dass du es mir jetzt sagst.«

»Hm.« Ich nickte ihr zu. Für einen Moment war ich versucht, ihr von Christopher zu erzählen, brachte es aber doch nicht über mich. Schließlich ging sie, mit federndem Schritt. »You're so cool«, sagte ich ihr leise nach, aber sie hörte es nicht, oder vielleicht hörte sie es doch. »You're so cool«, sagte ich jedenfalls, »you're so cool …«

*

Später am Tag fuhren wir in die Stadt. Lin und Naledi hatten leider schon etwas anderes vor, und darum waren wir nur zu dritt, denn nachdem das Wort »Eis« einmal gefallen war, gab es kein Zurück mehr.

Wir hatten auf dem Markt Lebensmittel eingekauft und in einem kleinen Kaufhaus für Julian eine neue Badehose ausgesucht, und dann setzten wir uns auf eine Caféterrasse an einem Platz schräg gegenüber dem Kaufhaus und ließen uns das hausgemachte Eis schmecken.

Julian und ich waren zuerst fertig, und so nahm ich meinen Sohn spontan an der Hand und ging mit ihm noch einmal über den Platz in das Kaufhaus. Wir traten ein, gingen an der Kinderbekleidung vorbei zu den Spielwaren, und dort verkündete ich ihm feierlich, er dürfte sich etwas aussuchen – was er wolle!

Als wir mit zwei großen Kisten Lego wieder herauskamen, saß Valerie nach wie vor an unserem Tisch. Ihre Haut war sanft gebräunt, und sie lächelte uns entgegen und sah einfach umwerfend gut aus in ihrem gelbweiß gestreiften Sommerkleid.

»Mama, Mama!«, rief Julian.

Valerie schlug in gespieltem Entsetzen die Hand vor den Mund, als wir mit den Legokartons vor ihr standen. »Ihr seid mir vielleicht zwei! Seid ihr total verrückt geworden? Zwei Kisten gleich? Jetzt müssen wir ja wohl den ganzen Sommer hierbleiben, um das alles zusammenzubauen.«

»Wirklich, Mama?«, fragte Julian. Seine Augen leuchteten.

*

Ein paar Tage später – Julian war mit den Nachbarsmädchen unterwegs, und wir hatten den Nachmittag für uns – lag Valerie in einem gelben Bikini auf einem Liegestuhl im Garten und las. Ich hatte aus frischer Minze, Limetten und Eiswasser eine Erfrischung für uns zubereitet. Valerie war so in ihre Lektüre vertieft, dass sie mich nicht kommen hörte.

Ich las den Titel, eine weiße Schrift auf schwarzem Taschenbuchcover: *The thing about life is that one day you'll be dead.* »Erbauliche Lektüre?«, fragte ich, das Tablett mit den kalten, klirrenden Gläsern balancierend, und verneigte mich wie ein Butler.

Valerie sah über den Rand ihrer großen Sonnenbrille, die die Form eines Schmetterlings hatte, zu mir auf. »Ich habe es hier in Valentins Bibliothek entdeckt.«

Für einen kurzen Moment fühlte ich mich ertappt, und es war, als würden Traum und Realität ineinanderschwappen. Verunsichert hielt ich inne. Automatisch dachte ich an die nächtlichen Begegnungen mit Christopher. Der Titel des Buchs hätte jedenfalls zu ihm gepasst. Ich starrte das Buch an. »Wie ist es denn?«

»Ehrlich? Du könntest es besser.«

Ich lachte.

»Ich meine es ernst, Nicolas.«

»Ach, hör doch auf. Wieso liest du das überhaupt?«, fragte ich und setzte mich neben ihren Liegestuhl ins Gras.

Sie sagte: Das Buch passe zu einem Artikel für *Science*, über den sie seit einiger Zeit nachdenke. Darin wolle sie der Frage nachgehen, wie stabil die menschliche Persönlichkeit im Verlauf des Lebens sei. Ob man bereits in den ersten Monaten oder Jahren vorhersagen könne, wie jemand später, mit 30, 40 oder 50 Jahren, sein würde. »Übrigens würde ich dazu auch gern ein paar Studien über den Alterungsprozess einbeziehen. Hast du eine Empfehlung, oder soll ich besser Michael fragen?«

»Michael?«, fragte ich, zuerst überrascht, dann irritiert.

»Er kennt sich doch gut aus.«

Allerdings. Natürlich kannte Michael sich gut aus – aber nicht besser als ich. »Ein bisschen was weiß ich darüber schon auch«, sagte ich.

»Ich weiß ja nicht, wie sehr dich das interessiert.«

»Was interessiert? Was meinst du?«

»Ich meine, meine Themen, meine Artikel.«

»Ach, komm … Wieso sagst du das? Valerie …« Es tat mir leid, dass ich sie so nachhaltig verärgert hatte. Sie hatte ja auch recht, und ich ärgerte mich über mich selbst, dass ich so wenig Interesse gezeigt hatte.

Sie schwieg.

»Klar interessiert mich das«, sagte ich.

»Wirklich?«

»Ja, absolut. Sehr sogar.«

Und dann begann eine der herrlichsten Stunden meines Lebens. Ich legte mich ins Gras, schloss die Augen, und gemeinsam überlegten wir, welche Aspekte für ihren Artikel relevant sein könnten. Es war so toll, im leicht kitzelnden Gras zu liegen, um uns Vogelzwitschern, Wärme. Es war so toll, mit Valerie zu sprechen, ungestört, ohne Termindruck …

In diesem Moment hätte ich nirgends lieber sein wollen als da, wo ich war. Es kam mir vor, als wäre alles in mir zur Ruhe gekommen, und ich spürte am ganzen Körper, der so unverkrampft war wie selten, spürte bis in den Magen hinein: Ich musste nirgends hin, musste überhaupt gar nichts. Ich lag da mit diesem leichten Gefühl in der Bauchregion, lauschte Valeries Stimme, und es gab keinen Punkt in der Zukunft, zu dem ich in Gedanken hineilte. Mein Leben war ganz auf das Jetzt zusammengeschrumpft, auf ein Jetzt, das sich auf magische Weise in der Zeit ausdehnte, so dass es minutenlang einfach nur jetzt war.

Irgendwann wurde es still, und plötzlich spürte ich Valeries Körper, der sich sanft auf mich legte, spürte die Hände auf meinem Gesicht, ihre nackte

Haut und den leichten Druck ihres Busens auf meiner Brust, dann ihre weichen Lippen auf meinen, als sie mich unendlich zärtlich zu küssen begann.

*

Jede Beobachtung, jedes noch so kleine Erlebnis, die Villa, Julian, die Nachbarsmädchen mit ihren Bergen von Spielzeug, alles wurde für mich nun zu möglichem Stoff. Ich machte mir fleißig Notizen, kritzelte unausgegorene Ideen in mein rotes Notizbuch, verwarf sie wieder, ließ mir etwas Neues einfallen, kritzelte und kritzelte, bis ich irgendwann fast das gesamte Notizbuch vollgekritzelt hatte – und immer noch hatte ich keine Geschichte!

Es war frustrierend, und doch hätten die Tage insgesamt nicht schöner sein können, die Tage mit Valerie und Julian.

Morgens telefonierte ich meist mit Michael, und später am Tag, wenn wir von unseren Ausflügen oder Picknicks zurück waren, versuchte ich zu schreiben. Manchmal, wenn ich nicht vorankam, machte ich einen Spaziergang durch die Weinfelder. Ein paarmal spazierte ich sogar bis zum Friedhof und setzte mich eine Weile an Valentins Grab. Mitunter verzog ich mich auch nach oben in sein

Arbeitszimmer, setzte mich auf seinen Stuhl, in der Hoffnung auf Inspiration, träumte vor mich hin oder blätterte in seinen Notizbüchern.

Eine Stelle ließ mich nicht los, ich las sie mehrmals, vielleicht, weil ich beim Lesen das Gefühl hatte, auf seltsame Weise mit dem Geist meines Onkels zu verschmelzen, als sei er ganz bei mir:

> *Heute endlich mal wieder Spaziergang zum Friedhof. Gefühl der eigenen Endlichkeit, aber nicht als Bedrohung, sondern als Augenöffner, als Bewusstmacher. Der Tod, der die Augen öffnet für das Leben. Für die Wertschätzung des Lebens, die man im Alltag so leicht aus den Augen verliert: Noch darf man, noch kann man, halbwegs gesund, diese wundersame Welt erleben. Stell dir vor, die tote, ganz und gar bewusstlose Materie des Universums, die sich einen Wimpernschlag lang zu jener zerbrechlichen Struktur zusammenfügt, die du bist: Ein winziger Bruchteil des Kosmos wird lebendig und sich seiner selbst bewusst, als »du«.*

Du – es war, als spräche er zu mir: Du. Als würde er mit diesen Worten sein Versprechen einlösen, jenes große Versprechen, das er mir einst gegeben hatte:

Dass er, auch wenn er einmal von mir gehen müsse, mit seinen Zeilen immer bei mir bleiben würde.

Ein Fingerschnippen, schon zerfällt die Struktur wieder zu Staub, und du kehrst zurück zu jenem ewigen Nichts, aus dem du das Glück hattest, für einen Moment hervorzutreten. Die viele Zeit, die vielen Gefühle, die du verschwendet hast. Die verpassten Gelegenheiten. Statt das Wunder wahrzunehmen und die Zeit, die wenige Zeit, die dir gegeben ist, auszukosten. Denn was gibt es Kostbareres als das Leben? Jede einzelne Sekunde, die nie wiederkommt, jeder Atemzug, den du tust, ein unwahrscheinliches Wunder …

Vielleicht sprach mich die Passage aber auch deshalb so an, weil ich gerade selber die Zeit in der Villa so genießen konnte. In einer Art und Weise, wie ich Zeit vermutlich noch nie genossen hatte. In dem deutlichen Bewusstsein auch, dass dieser Sommer nicht ewig währen würde. Hätte ich ihn doch bloß festhalten können!

19

Wir hatten inzwischen auch den Grill entdeckt, an dem ich früher mit Valentin Wildschweinwürstchen und Marshmallows gebraten hatte, und als Alibi, um wenigstens so zu tun, als würden wir uns auch um unsere Gesundheit kümmern, hatte mein Onkel manchmal noch in reichlich Knoblauch und Olivenöl eingelegte Zucchinischeiben draufgetan, die ich anfangs naserümpfend abgelehnt hatte, später aber liebte. Mein Onkel ließ die dünnen Scheiben allerdings so lange auf dem Grill, bis sie ganz schwarz waren und sich auch die letzte Erinnerung an Gemüse in Rauch aufgelöst hatte, und ich fragte mich, wie gesund sie nach dieser Valentin-Behandlung überhaupt noch waren …

Wir machten zur Abwechslung eine kleine Fischparty, denn wir hatten in einem Dorf einen Fischladen mit den herrlichsten Doraden, Forellen, Austern und Langusten entdeckt, und es erstaunte mich, dass sogar Julian den einen oder anderen

Fisch mochte, so sehr sogar, dass er zu meiner großen Überraschung eine rohe Scheibe Lachs futterte, die ihm der Fischhändler angeboten hatte.

Julian half mir bei den Grill-Vorbereitungen und durfte zur Belohnung die Kohle anzünden. Während das Feuer aufflackerte, pflückten Julian und Valerie im Garten Gänseblümchen, aus denen sie Kränze flochten.

»Papa, erzählst du mir eine Quatschgeschichte? Ich und Mama basteln dir einen Kranz, und du erzählst uns eine Geschichte, ja?«

»Okay, abgemacht.«

»Papa, wo gehst du denn jetzt hin?«

»Ich hol mir nur ein Glas Wein, okay? Dann erzähl ich dir eine Geschichte …«

Ich kam mit einem gut gekühlten Glas Rosé zurück, setzte mich zu Julian und Valerie ins Gras und fing an zu erzählen, während sich Valerie mein Glas nahm, um wiederholt daran zu nippen (irgendwie schien ihr der Wein aus meinem Glas doppelt so gut zu schmecken):

»Es war einmal … ein Gänseblümchensamen. Der schwebte durch die Luft auf der Suche nach einem Fleckchen Erde, auf dem er sich niederlassen und zu einem hübschen Gänseblümchen heranwachsen könnte. So kam er auch an einer imposanten Sonnenblume vorbei, die ihre gelben Blüten stolz der Sonne zugewandt hatte. Der Stengel der Sonnenblume war kräftig und rauh behaart und mindestens zwei Meter hoch.«

»Zwei Meter?«, rief Julian. »Ist das hoch?«

Ich überlegte. »Ungefähr so groß wie Michael«, sagte ich. »Du kennst doch den Michael, oder? Aus der Firma.«

Julian nickte. »Mama, stimmt's, Sonnenblumen sind doch deine Lieblingsblumen?«

»Ach, Gänseblümchen mag ich auch ganz gern.«

»Weiter, Papa.«

Ich erzählte:

Der kleine Samen war tief beeindruckt von dieser stattlichen Sonnenblume, sie schien ihm die Königin der Blumenwelt zu sein. Und er setzte sich in den Kopf, ebenfalls zu einer prächtigen Sonnenblume zu werden. Aber wie sollte er das anstellen?

Zunächst ließ er sich neben der Sonnenblume nieder, sah an ihr hoch, guckte, wie sie ihre Arbeit verrichtete und versuchte, alles haargenau so zu machen wie sie. Und siehe da, langsam wuchs auch beim Gänseblümchensamen ein grüner Stengel, und die Blütenblätter traten hervor, nur waren sie leider weiß und klein und – wie das werdende Gänseblümchen fand – hässlich.

Doch so schnell gab unser Blümchen nicht auf. Es strengte sich im Gegenteil noch mehr an, beschwor seinen Stengel, zu wachsen, und seine Blütenblätter, sich zu vergrößern. Es wünschte sich so sehr das herrliche Gelb herbei, dass es in manchen Augenblicken überzeugt war, ein leichtes gelbliches Schimmern in seinen Blättern erkennen zu können.

Mittlerweile hatten alle Blumen und Gräser in der Umgebung von dem kleinen Gänseblümchen gehört, das so gern eine Sonnenblume sein wollte. Jeder hatte einen guten Tipp, jeder wusste noch besser als der andere, wie das kleine Gänseblümchen sein Ziel erreichen könnte. Und das Gänseblümchen tat jedes Mal dankbar, wie ihm geheißen – ohne den gewünschten Erfolg.

Eines Tages segelte ein Ginkgo-Blatt direkt neben seinem Stengel ins Gras. Der Ginkgo war der älteste und weiseste Baum im gesamten Pflanzenreich. Hilfesuchend wandte sich das kleine Gänseblümchen an das Ginkgo-Blatt, erklärte ihm seinen Wunsch und dass es bereit sei, alles dafür zu geben. Aber auch das Ginkgo-Blatt konnte nichts ausrichten. Es gab dem Gänseblümchen den Rat, die Sonnenblume, sein großes Vorbild, selbst zu fragen.

Die Sonnenblume zierte sich eine Weile, bis sie eine Antwort gab: »Du musst dich der Sonne zuwenden, schon geht alles ganz von alleine.«

Und das Gänseblümchen nahm noch einmal all seine Kraft zusammen und reckte und streckte sich, das Resultat jedoch blieb dasselbe: Es wurde nicht zu einer Sonnenblume.

Eines Tages schließlich war es erschöpft. Es konnte nicht mehr, die kleinen weißen Blütenköpfchen hingen schlaff und traurig nach unten, die Blätter wurden braun und welk: Das unermüdliche Recken und Strecken des Gänseblümchens hatten nichts gebracht …

»Ganz schön traurig«, sagte Valerie.

»Papa, wie ging es weiter?«

»Tja, was meinst du? Ob der Traum des Gänseblümchens in Erfüllung ging?«

»Nein, Papa …«

»Nicht?«

»Nein, natürlich nicht, das geht doch gar nicht.«

Natürlich nicht, Junge. Es blieb ein Gänseblümchen, sogar ein sehr hübsches. Äußerlich fehlte es ihm an nichts. Nur im Innern fühlte es sich zutiefst unglücklich. Denn zeit seines Lebens verglich das Gänseblümchen sich mit der Sonnenblume, in deren Schatten es heranwuchs und in deren Schatten es, blind für die eigene Schönheit, schließlich verbittert welkte und starb.

Ich wollte mir gerade einen Schluck Wein genehmigen, zufrieden mit dem Ende meiner Geschichte, als ich Julians todunglückliches Gesicht sah.

»Was ist denn?«, fragte ich erstaunt. »Nicht gut?«

»Ich finde, das Gänseblümchen sollte es doch schaffen.«

Ich blickte ratlos zu Valerie.

»Aber das geht doch nicht. Hast du doch selber gesagt.«

»Papa, das ist eine Geschichte. Da ist alles möglich.«

20

Abends im Wohnzimmer. Julian spielte vor dem Schlafengehen noch mit seinem Lego. Er baute völlig selbstvergessen vor sich hin, murmelte dabei Sätze, die nur er verstand, und ich sah den Spaß und zugleich den Ernst, mit dem er bei der Sache war.

Als er mich bemerkte, erklärte er mir seinen Plan: Er baue eine Villa mit einem Türmchen. Ich bot an, ihm dabei zu helfen.

Eine Weile bauten wir einträchtig an Julians Villa, bis er auf einmal anfing zu schimpfen. Er war ganz aufgebracht. Ich hatte den Bau des Türmchens übernommen und dabei wohl etwas nicht ganz richtig gemacht, verstand aber nicht, was. Der Turm war einwandfrei, eine absolut solide Konstruktion, es gab nichts daran auszusetzen.

Ratlos und ein bisschen genervt saß ich neben der Lego-Baustelle und sah zu, wie Julian verbissen – und immer noch schimpfend – weitermachte.

Früher wäre ich aufgestanden, hätte über sein

irrationales Verhalten den Kopf geschüttelt, ihn allein weitermachen lassen und mich meinen Mails zugewandt. Diesmal jedoch beschloss ich, einfach sitzen zu bleiben. Abzuwarten. Um zu sehen, was er vorhatte.

Irgendwann holte er schweigend eines seiner Comic-Hefte und fing im Stehen an zu blättern. Blätterte bis zu einer bestimmten Seite, setzte sich neben mich und hielt mir das Heft hin. Zeigte mir die »Villa Mystica« seines Superhelden Agent C. Mit seinem kleinen Zeigefinger tippte er auf das Türmchen der großen, verwinkelten Villa. »Siehst du, Papa, dein Türmchen sieht überhaupt nicht so aus. Du hast mir meine ganze Villa Mystica kaputtgemacht.«

Es war vielleicht bloß eine Kleinigkeit, und doch kam es mir wie eine Offenbarung vor, wie ein Blick in die Seele meines Kindes: Das, was ich bis vor kurzem noch als kindisch und irrational abgetan hätte, ergab aus seiner Sicht perfekten Sinn. Es lag nur an mir, diesen Sinn zu erkennen.

In dem Moment wurden mir die Augen geöffnet für etwas, wofür ich zuvor blind gewesen war. Mir wurde klar, dass vermutlich alles, was er tat, einem verborgenen Drehbuch entsprang, seinem Drehbuch, das ich nicht kannte. Alles hatte seine kindliche Julian-Logik, und was er tat, war nicht irrational, sondern folgte lediglich Regeln, die mir weitgehend verborgen waren. Ich musste nur besser hinsehen, mehr Zeit in seiner Welt verbringen, dann würden sich diese Regeln und Gesetze auch mir offenbaren …

Ich ließ mir also von Julian alles haarklein über seinen Helden und dessen Villa samt Türmchen berichten, und irgendwann nach dieser Aufklärung durfte ich auch wieder mitbauen – und da, auf einmal, spürte ich, wie in meinem Kopf eine Idee aufkeimte.

Ich saß da, in der Hand einen blauen Legostein, als mein Herz plötzlich schneller schlug.

Langsam wurde die vage Idee konkreter und ergriff gleichsam körperlich von mir Besitz, noch ehe ich sie überhaupt zu Ende gedacht hatte. Ich rappelte mich hoch und suchte nach meinem Notizbuch und einem Stift, fast ängstlich, mir könnte alles wieder entgleiten, wenn ich die Sache nicht auf der Stelle festhielt.

Ich rannte durchs Wohnzimmer, vom Wohnzimmer übers Atrium in die Küche und wieder zurück. Wo steckte bloß dieses verflixte Notizbuch? In meiner Verzweiflung griff ich schließlich nach dem erstbesten Blatt Papier, das auf dem Esstisch lag, und fing an, wie besessen zu kritzeln. Zunächst nur Stichworte, aber das musste einstweilen genügen.

Nachdem ich innerhalb kürzester Zeit alles aus mir herausgeschrieben hatte, starrte ich gebannt auf das Blatt, auf die nahezu unleserliche Schrift.

»Papa, wieso baust du denn gar nicht mehr?«

Ich atmete tief durch. Ich hatte zwar keine Ahnung, was daraus werden würde, ob überhaupt etwas daraus werden würde, aber es fühlte sich gut an. Nein, mehr als gut – es war elektrisierend.

»Papa?«

21

Ich erlebte einen regelrechten Schreibrausch. Von nun an saß ich jeden Abend bis tief in die Nacht am langen Esstisch vor meinem Laptop und versuchte, meine Idee weiterzuspinnen und auszuarbeiten. Oft lief es erstaunlich gut, dann wieder geriet ich unerwartet in eine Krise und hatte das Gefühl, es sei alles zwecklos. »Komm, du Armer, ich hol dir noch ein Glas Wein«, sagte Valerie dann mit einem Schmunzeln, das für meinen Geschmack ruhig etwas weniger ironisch hätte sein können.

Diese Abendstunden hatten ihren ganz eigenen Charme, weil Valerie sich oft mit ihrem Computer dazusetzte und über ihren Artikel nachdachte, und dann saßen wir einander gegenüber im Kerzenlicht, ich mit einem Glas Wein, und ab und zu kam sie um den Tisch herum zu mir und nippte daran, und weil sie dann schon mal da war, küsste sie mich im Vorbeigehen, ehe sie sich wieder an ihren Laptop setzte und lächelnd oder nachdenklich über den Bildschirmrand hinweg zu mir herübersah.

Wenn ich mit einer meiner Figuren nicht weiterkam, fragte ich sie, wie sie in einer gewissen Situation reagieren würde. Oder sie befragte mich zum Thema Alterung, und wie sich das Gehirn entwickelt und was in der Pubertät eigentlich mit unserem Gehirn los ist. Mir war Valerie ja schon immer, seit diesem Moment im Regen auf der Straße, wie ein Wunder vorgekommen – aber in diesen Stunden erlebte ich das Wunder noch einmal und vielleicht intensiver als zuvor: Ich spürte, wie tief ich sie liebte und dass ich nicht bloß liebte, wie sie aussah und wie sie sich bewegte und ihr Gesicht und ihre Augen und ihren herrlichen Duft, sondern auch, wie sie fühlte und dachte. Ich liebte sie ganz.

*

Eines späten Abends – es war bestimmt lange nach Mitternacht, Valerie hatte sich bereits hingelegt, aber ich wollte einfach noch weiterschreiben – stand plötzlich Julian neben mir. Er konnte nicht schlafen, ein Traum hatte ihn geweckt, und er hatte Durst.

Gemeinsam gingen wir in die Küche und holten ihm ein Glas Wasser mit viel Eis. Da rief er plötzlich: »Papa!«

Ich erschrak geradezu: »Was? Was ist?«

»Wir haben deine Vitamine ganz vergessen!«

»Wirklich?« Ich überlegte. Ich war mir nicht sicher: Hatte ich sie heute Morgen vergessen? Aber er hatte recht. Ich vergaß sie sonst nie, ich meine, der Methusalem-Cocktail war unser Baby, unser großes Projekt, es war für mich eine Selbstverständlichkeit geworden, den Tag mit einem Kaffee und unserem Methusalem-Cocktail zu beginnen. »Na, so was«, sagte ich. »Du hast recht, Julian. Wieso hast du mich nicht erinnert?«

»Ich?«, rief er entrüstet.

»War nur Spaß. Ist doch nicht schlimm. Dann nehm ich eben morgen die doppelte Dosis.« Ich war versucht, ihn zu fragen, wie viele Pillen das sein würden, ließ es aber bleiben, und wir setzten uns an den Esstisch, er auf meinem Schoß, das Glas in seiner Hand.

»Schreibst du deine Geschichte, Papa?«

»Hm. Na ja, ich versuche es.«

Es steckte dann sicher auch etwas von einer Strategie dahinter, nicht gleich wieder ins Bett zu müssen, aber er fing an, lauter Fragen zu stellen und dass er es gut fände, wenn in dem Buch auch ein kleiner Junge eine Rolle spielen würde, am besten die Hauptrolle, und wann ich ihm denn mal etwas vorlesen würde.

»Ich kann dir den Anfang vorlesen, wenn du willst.«

Und so wurde der kleine Mann im Schlafanzug mein erster Leser – mein erster Zuhörer. Noch fiel es mir schwer, daran zu glauben, dass aus diesem Gekritzel, das da vor mir auf dem Bildschirm flimmerte, jemals ein Buch werden würde. Dennoch fing ich einfach an vorzulesen.

Anfangs prüfte ich noch von Zeit zu Zeit, ob Julian mir überhaupt zuhörte. Doch er saß so still und gebannt da wie sonst auch, wenn ich ihm eine »richtige« Geschichte vorlas oder eine Quatschgeschichte erzählte, und irgendwann vergaß ich ganz, dass ich las. Dass ich meinem Jungen meine eigene kleine Geschichte vorlas …

»Weiter!«, sagte Julian, als der Text zu Ende war. »Warum liest du nicht weiter?«

»Ich hab nicht mehr, den Rest muss ich noch ausarbeiten«, sagte ich und fragte vorsichtig, mit einem leicht mulmigen Gefühl im Bauch: »Und? Wie findest du's?«

»Gut.« Mehr sagte er nicht. Nur dieses eine Wort, aber es bedeutete mir die Welt.

»Papa«, sagte er irgendwann. »Wenn ich groß bin, dann baue ich uns eine Villa, ich meine, in echt. Dann können wir alle zusammen dort wohnen, du und ich und Mama. Und dann fahren wir mit meinem Porsche in die Berge!«

»Ja, so machen wir's. Aber Hauptsache, wir sind

zusammen, du und Mama und ich.« Und ich schlang meine Arme um seinen schmalen Oberkörper und drückte ihn an mich.

»Papa?«

»Hm?«

»Aber du musst die Villa unbedingt blau machen. Warum machst du sie nicht blau?«

»Blau?«

»Hm, die Villa in deiner Geschichte ist doch genau wie die Villa Mystica. Und die Villa Mystica von Agent C ist blau, Papa. Himmelblau.«

Etwas später:

»Papa?«

»Hm?«

»Ich mag dich.«

»Ich dich auch, mein Junge. Ich dich auch.«

22

Wir blieben schließlich doch noch etwas länger in der hellblauen Villa, und eines frühen Abends waren die Eltern von Lin und Naledi zu uns zum gemeinsamen Grillen in den Garten gekommen. Ich stand am Grill, während die Kinder im Pool plantschten, und schaute zum Gartentisch hinüber, wo unsere Gäste sich mit Valerie unterhielten. Abwechselnd sah ich auf die Kinder und dann wieder auf Valerie, wie sie sich unterhielt, ausgelassen, fröhlich. Sie lachte viel. Ich betrachtete ihr glückliches Gesicht, und in dem Moment, eine Zange in der Hand, den Rauch in der Nase, konnte ich Valentins Präsenz förmlich spüren, ja, fast war es, als könnte ich meinen Arm um ihn legen, so nahe war er mir. »So ist es doch gar nicht schlecht, mein Lieber«, flüsterte er mir zu, und ich stand da und musste einfach lächeln, wie ich so oft in seiner Gegenwart hatte lächeln müssen …

*

An einem unserer letzten Tage in der Villa kam Valerie am späten Abend zu mir an den Esstisch und sagte mit Begeisterung in der Stimme:

»Nicolas, ich habe eine Idee.«

»Na dann – schieß los.«

Valerie setzte sich, klappte meinen Laptop zu und sah mich an. »Also, ich spiele ja schon länger mit dem Gedanken, so etwas wie eine wissenschaftliche Biographie des Menschen zu schreiben. Aber nicht bloß als Artikel, sondern als Buch.«

»Eine wissenschaftliche Biographie des Menschen? Was stellst du dir darunter vor?«

Valerie räusperte sich. »Nehmen wir an, man würde den Weg des Menschen von Anfang an ganz aus der Nähe mitverfolgen, wie mit einer Kamera, wie bei einer intimen Dokumentation. Man fängt bei der ersten Zellformation im Mutterleib an, begleitet die Entwicklung vom Embryo zum Fötus, dann die Geburt, die ersten Sinneswahrnehmungen ... Der erste Tag auf der Welt, das erste Mal die Welt erfahren. Wie ist es, als Baby die Welt zu entdecken? Wir alle haben diese Zeit durchlebt, und sie prägt uns fürs Leben, und doch kann sich keiner daran erinnern. Ist das nicht total faszinierend?«

Ich nickte.

»Ich hab schon begonnen, einiges zu recherchieren, und es ist wirklich beeindruckend, wie viele neue Forschungsbefunde es dazu inzwischen gibt. Eben habe ich zum Beispiel eine Studie gelesen – stell dir vor, da hat man Babys im Alter von gerade mal drei Monaten untersucht und diese 15 Jahre später als Jugendliche noch einmal getestet. Weißt du, was rauskam?«

Ich sah sie fragend an.

»Wer als Baby von Bildern, die einem wiederholt gezeigt wurden, schnell gelangweilt war und nicht mehr hinguckte, der war auch als Jugendlicher schneller gelangweilt und brauchte mehr Abwechslung und Action.«

»Wow«, sagte ich.

»Es ist, als kämen wir in mancher Hinsicht schon als kleine Persönlichkeiten zur Welt.«

»Das klingt spannend, Valerie. Du solltest dranbleiben. Das kann ich mir gut als Buch vorstellen.«

»Warte, das Beste kommt noch.«

Ich lachte. »Jetzt erst? Ich bin ganz Ohr.«

»Was mir vorschwebt, ist eben nicht nur, die Fakten aufzudröseln, sondern den Text auch aus der subjektiven Innenperspektive zu schreiben. Wie fühlt es sich an, wenn man als Baby sehen oder krabbeln lernt? Wie fühlt es sich an, sich diese Welt Stückchen für Stückchen mehr zu erschließen, so dass sie allmählich Sinn ergibt?«

Ich schwieg. Betrachtete ihr Gesicht, genoss ihre strahlenden Augen, ihren Enthusiasmus. Als würde sie am liebsten gleich loslegen. »Die Idee ist super. Das solltest du unbedingt machen.«

»Ich habe mir Folgendes gedacht. Ich kann das ja alles recherchieren und die Fakten zusammentragen und teils auch schreiben, aber ich bin mir nicht sicher über diese Innenperspektive. Ich glaube, das könntest du besser schreiben.«

»Ach, komm, jetzt hör aber auf.«

Da sah sie mich plötzlich streng, beinahe beleidigt an. »Nein, wirklich, ich meine das ganz ernst, Nicolas. Ich kann das nicht.«

»Natürlich kannst du das. Valerie, ich kenne doch deine Texte.«

»Ich kann es nicht so wie du.«

Ich überlegte. »Wenn ich dir helfen kann, tu ich das gern. Auch wenn ich denke, dass du es selbst mindestens genauso gut kannst.«

Valerie schwieg eine Weile und sagte dann: »Ich hatte mir überlegt, ob wir es nicht vielleicht zusammen schreiben könnten, du und ich.«

»Wir beide?«

Valerie zuckte mit den Schultern.

»Okay …«, sagte ich zögernd. »Und wie soll das Buch dann weitergehen?«

»Nun, man könnte dem restlichen Verlauf des

Lebens folgen, von der Kindheit über die Pubertät, in der das Gehirn zu einer Art Großbaustelle wird, bis ins hohe Alter, wenn …«

»… wenn die Demenz zuschlägt und all das, was wir erfahren haben, zunichtegemacht wird.« Ich seufzte. »Das wäre dann wahrscheinlich mein Teil.«

»Es muss doch nicht so deprimierend sein. Wir könnten ja auch beschreiben, wie sich das Alzheimerrisiko senken lässt, wie man das eigene Altern positiv beeinflussen kann. Und ja, das wäre dann dein Teil.«

»Allein der Teil wäre eine Menge Arbeit, Valerie.«

»Ich dachte, du backst nicht gern kleine Brötchen?«

Ich lachte wieder.

»Aber gut, ein paar Jahre würden wir schon brauchen.«

»Ein paar Jahre!«

»Wenn wir es ordentlich machen wollen. Na und? Wir könnten uns doch Zeit lassen. Wir haben doch alle Zeit der Welt. Es zwingt uns doch niemand zur Eile. Es müsste ja auch keine Fulltime-Sache sein.« Valerie sah sich um. »Stell dir vor, wir könnten ab und zu hierher in die Villa kommen, uns vom Geist deines Onkels inspirieren lassen und an unserem Manuskript arbeiten. So wie jetzt, nur noch zusammiger.«

»Zusammiger?«, lächelte ich.

»Hm-hm. Was sagst du? Machst du mit?« Sie stupste mich an.

»Ein Buch über die Frage, wie man wird, wer man ist.«

»Siehst du? Das ist doch schon mal gut. Wie man wird, wer man ist. Genau deshalb brauch ich dich. Also, was ist?«

»Und wir können uns wirklich Zeit lassen, ja?«

»So viel Zeit, wie wir wollen.«

Ich schmunzelte.

Ich strahlte Valerie an, und sie strahlte zurück.

23

Ich war erstaunt, wie schnell ich dann doch vorankam, als ich mich erst einmal in die Geschichte hineingefunden hatte. Es war aber auch nur eine überschaubare Erzählung, die ich zu schreiben versuchte, und ich wollte, musste ja auch zurück zur Firma, zu meinem neuen Partner …

Allerdings hatte ich mich so an das Leben hier gewöhnt, an die Familienzeit, an die Nähe zu Julian und die Abende mit Valerie, dass ich mich mehr und mehr mit Valeries Vorschlag dieses gemeinsamen Buchprojekts anfreundete. Jedenfalls spürte ich, dass ich nicht mehr einfach so in mein altes Leben zurückkehren wollte. Ich wollte nicht mehr immer nur in der Firma sein. Vor allem wollte ich die Zeit, die mir noch verblieb, mehr mit Julian und Valerie verbringen. Ich hatte schon zu viel verpasst, und ich wollte nicht noch mehr verpassen.

Natürlich war uns klar, dass wir jetzt erst mal zurückmussten. Die Methusalem-Produktlinie musste auf einen guten Weg gebracht werden, und ich freute mich auf die weitere Zusammenarbeit mit Michael und die neue Rollenverteilung.

Und doch wusste ich tief in mir drin, dass das Unternehmen meines Vaters nicht länger diesen alles dominierenden Stellenwert in meinem Leben einnehmen würde. Nein, *Weynbach Pharmaceuticals* würde auch gut dastehen können, ohne dass ich mich 24 Stunden am Tag darum kümmern musste.

Wie also würde es von hier an weitergehen? Die Wahrheit war: Ich wusste es selber nicht, und eben das gefiel mir.

Ich hatte ja auch keine Ahnung, wie gut das alles mit dem Schreiben klappen würde. Ich hatte keine Ahnung, ob meine eigene kleine Geschichte etwas taugte, und ebenso wenig, ob das Buchprojekt mit Valerie – sollten wir es tatsächlich in Angriff nehmen – letztlich gelingen würde. Ich wusste von Valentin, wie risikoreich auch dieses Metier war. Aber ich war bereit, das Risiko einzugehen, das ja auch ein Abenteuer war. Und dass sich in diesem Abenteuer die eine oder andere Hürde auftun würde, das war mir ebenfalls klar. Die Hürden würden mir ja dann die Gelegenheit bieten, zu zeigen, wie sehr mir das Abenteuer wirklich am Herzen lag.

Wie auch immer, ich hatte die vergangenen

Nächte praktisch durchgehend an meinem Laptop verbracht, und irgendwann wurde mir bewusst, dass ich auf diese Weise ein Wiedersehen mit Christopher verhindert hatte. Er war nicht wieder aufgetaucht. War Christopher nicht mehr zu treffen der Preis, den ich zahlen musste, um meine Geschichte zu Ende zu schreiben?

*

In einer Nacht schließlich, kurz vor unserer Abreise aus der Villa, schrieb ich die letzten Zeilen, schrieb, bis mir vom Schreiben regelrecht schwindlig wurde. Endlich lehnte ich mich erschöpft in meinem Stuhl zurück.

Es war ein merkwürdiges Gefühl. Man hätte meinen können, ich sei einfach nur glücklich und erleichtert darüber, meine Geschichte fertiggestellt zu haben, und das war ich auch. Gleichzeitig stimmte es mich melancholisch. Als hätte ich nach langer Zeit endlich etwas gefunden, wo ich ganz bei mir sein konnte, und nun war es schon wieder vorbei …

War ich noch wach, oder war ich, ohne es zu merken, am Esstisch eingeschlafen? Plötzlich schreckte ich durch eine sanfte Berührung auf, und direkt neben dem Tisch stand – Christopher.

»Nicolas, mein Lieber, ich wollte dich nicht erschrecken. Eigentlich wollte ich mich bloß von dir verabschieden. Sofern das möglich ist.«

Etwas benommen versuchte ich, den Sinn seiner Worte zu verstehen. »Was? Wieso? Was meinst du mit verabschieden?«

»Für mich wird es Zeit zu gehen.«

»Gehen, wohin denn?« Ich wusste nicht, was ich sonst sagen sollte. Hilflos schob ich nach: »Wieso musst du gehen?« Wir waren doch gerade erst dabei, uns kennenzulernen. Er mochte inzwischen so manches über mich wissen. Aber was wusste ich eigentlich über ihn?

»Ich bin ja nicht ganz aus der Welt«, sagte er und deutete in meine Richtung. Hatte er meinen Laptop gemeint?

Ich sah auf den Bildschirm. »Das ist ja wohl nicht dasselbe«, sagte ich, und in meiner Hilflosigkeit versuchte ich, einen Scherz zu machen. »In deiner Gesellschaft schmeckt der Champagner entschieden besser als zwischen den Zeilen.«

Christopher lachte. »Da stimme ich dir voll und ganz zu. Nur, meinst du nicht, dass ich mehr bin als bloß eine Figur in einem Buch? Mir scheint, ich bin dir näher, als du ahnst.«

Näher, als ich ahnte? Was sollte das heißen? Ich sah in sein Gesicht, in dieses unendlich gutmütige

Gesicht mit dem kurzen, grau gesprenkelten rötlichen Bart. Es war das Gesicht jenes Menschen, der in diesem Sommer so unerwartet in mein Leben getreten war und mir im Vorbeigehen ein neues Lebensgefühl geschenkt hatte. Als hätte er für mich ein Fenster aufgestoßen, das ich aus eigener Kraft nicht aufbekommen hätte.

Ich weiß gar nicht, zu wem er mich mehr geführt hatte: zu mir selbst oder zu meiner Familie, und vielleicht ging ja das eine mit dem andern auch Hand in Hand. In gewisser Weise war ich getrennt von Julian und Valerie hier in diese Villa gekommen, und bald würden wir zusammen wieder nach Hause fahren, und das hatte ich ihm, Christopher, zu verdanken.

Ich wollte ihm das unbedingt sagen. Mich bei ihm für all das, was er mir gegeben hatte, bedanken. Doch da sagte er plötzlich: »Bis dann, mein Lieber.«

Seine Worte versetzten mir einen Stich. Ich konnte nicht glauben, dass er wirklich gehen würde. Dass ich mich wirklich von ihm verabschieden musste. Und doch ahnte ich, dass es sinnlos war, mich dagegen zu wehren. Ich spürte, dass er gehen würde, warum auch immer, wohin auch immer. Zumindest hatte ich diesmal die Gelegenheit, mich ordentlich zu verabschieden, und dafür war ich dankbar. Und während ich so in meinem Kopf noch nach den richtigen Worten suchte, kam Christopher mir bereits zuvor und meinte:

»Ach, eins noch, fast hätte ich es vergessen: Nenn mich doch bitte nicht Nicolas.«

»Was?«

»Nicolas, der Name. Kannst du dir keinen anderen einfallen lassen?«

»Wieso? Mir gefällt der Name.«

»Dann nenn dich doch selbst so.«

Ich überlegte. »Und wie soll ich dich dann nennen?«

»Tja, mein Lieber, es ist deine Geschichte, aber wenn du mich schon fragst …« Er blickte an mir vorbei. Dann wandte er sich mir erneut zu und sagte: »Was hältst du von – Christopher?«

Ich zögerte. Christopher … Ich ließ mir den Namen durch den Kopf gehen. Irgendwann fing ich an zu nicken. »Vielleicht hast du recht. Christopher. Ja, ich glaube, das hätte meinem Onkel gefallen.«

»Das glaube ich aber auch, Nicolas.«

Und in diesem Moment, mit einem letzten verschmitzten Lächeln auf den Lippen, verschwand er. Christopher, meine ich.